WRAITH

亡霊は砂塵に消えた

ステルス機特殊部隊777《トリプル・セヴン》チェイス

ジェイムズ・R・ハンニバル

北川由子 訳

上

竹書房文庫

亡霊は砂塵に消えた

ステルス機特殊部隊777《トリプル・セヴン》チェイス

〔上〕

主な登場人物

ニック・バロン……………………アメリカ空軍大尉
トニー・〝ドレイク〟・メリゴールド……アメリカ空軍中尉
ダニー・シャープ……………………アメリカ空軍大尉。情報士官
スコット・ストーン…………………エンジニア。〈ドリーム・キャッチャー〉の開発責任者
アマンダ・ナヴィストロヴァ………エンジニア
ヘクター・〝オソ〟・ガルシア……アメリカ空軍少佐
ジェイソン・〝マーリン〟・ボスク……アメリカ空軍中佐。７７７《トリプル・セヴン》チェイスの指揮官
エドワード（エディ）・パッチ……アメリカ空軍大佐
リチャード・T・ウォーカー………アメリカ陸軍大佐。ケルベロス計画の指揮官
タリク・アル・マジド………………サダム・フセインの副官

プロローグ

キング・ハリド軍事都市
二〇〇一年九月

一機のF－117ステルス戦闘機がキング・ハリド空軍基地の滑走路をゆっくりと進んだ。サウジアラビアのぎらつく太陽に照らされて真っ白に見える舗装の上で、角張った黒い機体がひときわ目立つ。機付長は額の汗をぬぐってかぶりを振り、ステルス機が重たげに空へと上昇するのを見送った。あんなジェット機を飛ばそうなんてどうかしてると彼はいつも思う。見た目はあちこちとがった大岩じゃないか。そして大岩は地面に転がっているものだ、岩があるべき場所に。どう考えても大岩は空を飛ぶものじゃない、それもこんな真っ昼間に。

F－117ステルス戦闘機、通称ナイトホークは通常日中に運用されることはなく、戦域に投入されている際はなおさらだったが、第八戦闘飛行隊、通称ブラックシープ

（ナイトホークの実戦部隊。二〇一一年に閉隊）はサウジアラビアに到着して以来、定期的に日中の飛行を行っていた。白昼に飛ぶ黒い機体は発見されにくそう《ステルシー》にはおよそ見えない。どのみちこれはすべて訓練任務だ。このひと月、イラクへの小規模な攻撃が数回実施されたが、ナイトホークはすべての作戦から除外されていた。

まあ、いいさ。格納庫までの長い距離を引き返しながら、機付長は独りごちた。だったらなんでステルス機がここにあるんだと考えるのは自分の仕事じゃない。地上作業員が作戦についてあれやこれやと頭を悩ませてどうする。そう言えばこのあと食堂《メス》用テントでアイスクリームが配られるなと、彼は思考を切り替えた。甘く冷たいデザートのことに気を取られ、彼は早期警戒管制機《AWACS》（大型レーダーを搭載し、空中から管制・指揮を行う）の大きな機体が無人のまま駐機地域《ランプ》の奥に置かれているのを見落とした。実際、飛行列線《フライト・ライン》は航空機でいっぱいだったが、エンジンがかかっている機体はひとつもない。キング・ハリド空軍基地はいつになく静まり返っていた。

そこから一キロも離れていないキング・ハリド基地の指揮施設で、ロバート・ウィンザー大将は狭苦しい地下室に籠《こ》もり、軍曹二名のそばをうろついていた。彼は行ったり来たりを繰り返して、世界の命運が彼らの作業の速さにかかっているかのように軍曹たちをにらみつけた。大将の視線にうなじをチリチリと焼かれ、ふたりは折りたたみ式テーブルにラップトップコンピュータとケーブルを並べる手を速めた。

軍曹たちが作業をしているこの小部屋は、そこを使用する者たちには死の部屋《ルーム・オブ・デス》、もしくはRODとして知られ、サウジアラビアに駐留する米軍で、最も厳重なセキュリティをほどこされた場所だった。数メートルの厚みがあるコンクリートの下、施設の地下二階に設けられたこの部屋の主な目的は秘密の保全だ。

モグラ色の壁に並ぶ錠付きのファイリングキャビネットには、バインダーに録音テープ、録画テープ、ハードディスクと、ほかにも機密扱いのさまざまな記録用メディアが保管されている。ほとんどのキャビネットには、室内スペースを占める縦長の大型金庫二台の目録とアクセスリストもしまわれていた。ドアの横にデスクがひとつあり、コンピュータとプリンター、それにミスター・ジョセフ・ムーアと書かれた卓上ネームプレートが置かれているが、当のミスター・ムーアは不在だ。二台ある金庫のどちらかの開錠番号を知っている者はさまざまな部局に多々いるものの、両方を知っているのはミスター・ムーアひとりだ。そして、彼にはそれが大いなる誇りだった。その日、彼はその玉座からおろされ、自身の帝国を追放されていた。

向かいのオフィスに追いやられた禿頭《とくとう》の小男を思い、ウィンザー大将はつかの間にやりとした。自分にも明かされていない作戦が存在するのだと、ミスター・ムーアはようやく気づいている頃だろうか。やがてウィンザーの唇から笑みが消えた。「それでは、諸君」口を開く。「シャドウ・ゼロ・ワンは国境に接近している、われわれの任務は確証を得ることだ」

軍曹たちはワゴンカートに積まれている機材にラップトップをつなげた。コンピュータが立ちあがると、彼らは作業員から技術者に一変し、慣れた手つきでコマンドを入力して、大将の意向どおりにマシンを作動させた。左側のコンピュータ画面に現れた地図では、イラクとの国境近くにブルーの小さな矢印が表示され、その矢印は一〇秒ごとに少しずつ進んでいた。右のコンピュータにはウィンドウがふたつ並んでいる。片方にはバグダッド郊外にある大邸宅のようすがリアルタイムで映しだされていた。本邸には北翼と南翼があり、東側にはぐるりとまわり込める車寄せが見える。もうひとつのウィンドウには往年のDOSプロンプトに似たコマンドが表示されていた。点滅するカーソルの上に二行並んでいる。

リンク確立

準備完了

「シャドウの現在地のデータ更新間隔《リフレッシュレート》は改善できないのか?」ウィンザーは尋ねた。

「申し訳ありません、サー。このソフトウェアでは一〇秒ごとが限界です」

「では、もっといいソフトウェアをウォーカー大佐に探させるようにと書き留めておけ」

左側のコンピュータを操作している軍曹が、小さなメモを取りだして走り書きする。

「来たぞ」ウィンザーが言い、反対側のラップトップに注意を向けた。

画面では、黒のメルセデスが私道に入ったところだった。うしろに続く二台の車から軍服を着た男たちが降車して、さっと散らばる。ひとりが無線機に向かって口を動かしたのち、先頭のメルセデスから運転手が降りて右後部ドアを開けた。トレードマークのベレー帽をかぶり、黒い口ひげをたくわえた、おなじみの人物が足を踏みだす。

「スナップ写真を撮れ」

命じられた軍曹はマウスを連続でクリックした。ウィンドウの下に粒子の粗い写真が並ぶ。

「それだ」ウィンザーは声を張りあげた。「そいつを送信しろ」

軍曹は指示された写真をマウスでドラッグし、画面上のフォルダに入れた。それからコマンドプロンプトにファイルの場所を入力し、送信コマンドを加える。コンピュータはタスクを実行し、画面に送信完了の文字が点滅した。数秒後、今度は別のメッセージが現れる。受信完了。

　不意に画面上の別ウィンドウに表示されていたリアルタイム映像がぐるりと回転し、はるか遠くの地平線を映しだして止まった。ウィンザーは画面をにらみつけた。南東へゆるやかに蛇行しているのはチグリス川だ。

「なぜ映像が変わった？」

「ファーゴ・ツー・ワンはビンゴ（燃料量が基地への帰投に必要最低限に達したこと）です、サー。基地に帰投《RTB》ですね」片方の軍曹が言った。この映像を送っているのは無人航空機プレデターで、残燃料が乏しくなったため、遠隔地から操縦しているオペレート要員が機体を引き返させたのだ。

　ウィンザーは憤然として軍曹を見おろした。「冗談じゃないぞ」

「プレデターはほぼ丸一日空中待機だったんです、サー。心配はいりません、確証はつかみましたし、数分もあればシャドウが現地に到着します。もう逃しはしません」

「そうでなければならん」

　バグダッドの南方八〇キロで、ジェイソン・〝マーリン〟・ボスク中佐は、車両と降車する男の姿が映る写真を右側コンソールのディスプレイに呼びだし、あらかじめ渡されていた写真と見比べた。ディスプレイに出ている邸宅は写真のものと一致する。唯一の違いは、彼が持っている写真では南翼の上に赤い△印が印刷されていることだ。情報部はこの印の下に地下シェルターが存在すると確信している。マーリンは自分の現在地を確認した。五分以内に目的地上空に到達する。

　この任務のそもそもの趣旨を考えるとうなじの毛が逆立った。自分がこの場にいることで全計画が露見する恐れがある。そしてそれはなんのためだ？　訓練飛行？　いいや、ウォーカー大佐は別の呼び方をした。〝検証〟だ。それが何を指すのかは知らないが。

　懸念を脇へ押しやり、マーリンは機体のシステム点検にふたたび意識を集中させた。四分後、赤外線目標捕捉システムを呼びだすと、あの邸宅が蛍光グリーンで映しだされた。寒気が彼の背中を駆けあがった。コンソールのディスプレイに表示したままの写真を確認する。建物は同じだ。持っている写真とも、プレデターから撮影されたスナップ写真とも一致する。この結果をＰＯＴＵＳ《ポータス》はお気に召さないだろうとマーリンは思った。

　邸宅は同じだが、車両は一台残らず消えていたのだ。

右側のラップトップ画面に新たなメッセージが表示され、ウィンザー大将は目を見開いた。拳《こぶし》を握りしめ、アルミ製のファイリングキャビネットに叩きつける。そこには大きなくぼみが残った。ウィンザーが怒りを露わにするのにもかかわらず、シャドウことマーリンから送られたメッセージは画面に映しだされたまま、彼をからかうように点滅していた。

シャドウ・ゼロ・ワンＲＴＢ
予行演習を中止する
目標は逃走

ウィンザーは年のはじめからこの作戦の準備を整えてきていた。二月にＰＯＴＵＳことアメリカ合衆国大統領《プレジデント・オブ・ザ・ユナイテッド・ステイツ》から選択肢《オプション》を密《ひそ》かに開発するようにとの要請があり、国防総省《ペンタゴン》内の秘密グループは以下の計画を提示した——プレデターの飛行経路上に存在するレーダー施設を徐々に排除したのち、攻撃目標とする敵の現在地をこの無人機に特定させ、画像と位置情報をステルス戦闘機の操縦士に伝達する。ＰＯＴＵＳはこの案を気に入ったものの、確証を求めた。「必要な資産《アセット》はなんであれ私が承認する。きみたちは最終段階《ファイナル・ステップ》を除いて、すべてが実現可能であるのを証明してくれ」

四月中旬には作戦が開始され、イラク南部にある主要な防空レーダーが排除された。イラク側は飛行禁止空域を哨戒中《しょうかいちゅう》の米軍機と英国機に手当たりしだい砲弾やミサイルを発射し、報復攻撃の口実をこちらに与えて、作戦の進行を容易にしてくれた。こうして敵のレーダー網の中にプレデターの航路が徐々に開かれた。

そして第八戦闘飛行隊、ブラックシープが七月末に到着した。ウィンザーの命令で、ステルス機は日中のさまざまな時間に訓練飛行のみを行い、イラクとの国境すれすれを飛んだ。しかし、彼らが越境することは一度もなかった。ウィンザーの目的は、ステルス機による侵攻はないものと、イラク側を油断させることだった。イラクのスパイたちには、ナイトホークが基地からの出入りを繰り返すようすをわざと報告させ、AWACSのオペレーターには秘密保全がされていない周波数での交信で、ステルス機の飛行コースについてさりげなく言及させた。やがてイラク側は、ブラックシープは訓練任務のためにここにいるだけで、アメリカはその兵力を誇示しているにすぎないと考えるようになった。

八月にF－16戦闘機二機が地対空ミサイル基地二箇所のレーダーを攻撃し、作戦はいよいよ山場を迎えた。敵のレーダーが排除され、八月二七日、ウィンザーは試験的に無人偵察機をイラク北部へ向かわせた。無人機は敵に発見されただけでなく、撃ち落とされた。この計画には重大な欠点があるとウィンザーが最初に感じたのはこのときだ。おそらくプレデターはレーダーで発見されやすいのではないだろうか。

情報分析官により、無人機をレーダーで捕捉した可能性のある基地が特定され、二八日には攻撃機がこの場所を標的とした。それが二週間前のことだ。ウィンザーはそれでじゅうぶんだと考えていた。だが、明らかにそうではなかった。

「われわれが来るのは見えていたんだ。またプレデターが敵レーダーに捕捉されたに違いない」そう吐き捨て、ウィンザーはドアへと向かった。「ＰＯＴＵＳが求めているオプションは、われわれの手にある資産だけでは差しだせないものだ。ここを片付けろ。私は電話をしてくる」

軍曹たちは仮設コントロール・センターの撤収に取りかかり、ウィンザー大将はドアの外へ足を踏みだした。廊下を走ってきた航空兵が彼を突き倒さんばかりの勢いでぶつかった。「何をあわてている、ミスター？」いまは若者の不作法を大目に見てやる気分ではなかった。

「失礼しました、サー」若い兵士はぼそぼそと言い、目も合わせずに走り去った。

「どういうつもりだ？」ウィンザーは怒鳴《どな》りつけてやろうと若造のあとを追った。だが、航空兵の背中を追って廊下の奥へと視線をやると、オフィスへ駆け込む者たちの姿がほかにも目に入った。すべてのワークスペースから緊張した声があがっている。何かとてつもなく悪いことが起きているらしい。

第一部　〈発生〉

1

ステルス爆撃機パイロット一九人は、ホワイトマン空軍基地の食堂に並ぶ二台の長テーブルについていた。狭い食堂の東側にあるガラス張りの通路にミズーリの朝陽が射し込むが、暖かいはずの陽射しも、外の飛行列線《フライト・ライン》を吹き抜ける季節はずれの冷たい風のせいで寒々と見えた。

片方のテーブルの端で、三〇代なかばのずんぐりとした小柄な男は、自分の皿を渋い顔で見おろした。ブリット・〝マーフ〟・マーフィ少佐は寝癖がついたままの茶色い髪を指で梳《す》いてため息をついた。卵らしきものをフォークでのろのろとすくいあげ、食堂の片隅に座る年配のパイロットにちらりと目をやる。中佐のフライトスーツの左胸ポケットには黄色いバッジがぶらさがり、演習検査官であるのが太い文字で記されていた。

マーフは検査官が腕時計を確認するのを目に留め、朝食を終える余裕はなさそうだなと考えた。卵に目を戻し、フォークの先を下に向けてどろどろとした塊を皿に落とす。こんなまずそうな食事じゃ、もったいないとも思わない。

検査官の手に握られた最新式のモトローラ無線機を眺めてから、自分やほかのパイロットたちの腰にぶらさがる古びた無線機に目をやる。「冷戦時代の骨董品《こっとうひん》だ」隣に座る操縦士と目を合わせてつぶやく。「二〇億ドルのジェット機を飛ばすっていうのに、持たされる無線機ときたら、八〇年代にB－52戦略爆撃機のパイロットが使っていたやつだ。これじゃ呼びだしが聞こえるだけでもラッキーってもんだ」

話しかけられた相手は肩をすくめただけだ。彼はマーフと同じ機に乗るのではない。マーフの副操縦士は、朝食は取らずにまだ眠っていた。

第五〇九爆撃航空団（B－2ステルス爆撃機の装備部隊をその指揮下に擁する）で半年ごとに実施されている作戦即応性能力検査——模擬戦争——は土曜日にはじまり、指揮官役はパイロットとサポート・クルーに、担当の機体の出撃前総点検という骨の折れる務めを課した。これは通常は一五時間で終わる作業だが、作動油タンクから油もれが見つかったためにマーフと彼の副操縦士は——整備員チームとともに——四〇時間かけて機体を整備し、その結果、パイロットふたりは睡眠時間を失った。

壊れた機体の修理に二日を費やさずにすんだほかのパイロットとクルーたちは、そのあいだフライト・ラインに設置された緊急発進待機所《アラート・シャック》で過ごし、いよいよ緊迫の度合いを増しているという、まったく架空の状況に関する説明に耳を傾けていた。仮想の敵との関係が悪化して限界点に達すると、緊急発進が命じられ、爆撃機のパイロットとクルーたちは離陸までに要するタイムを抜き打ちでテストされる。

　この演習では状況が〝限界点に達する〟のは毎回火曜の朝と決まっているので、実際には抜き打ちテストでもなんでもない。そして今日はその火曜日だ。パイロットたちは全員、緊急発進の命令がそろそろ出るのを知っていた。全員、と言っても、マーフのパートナーであるあの新米《ルーキー》は別らしい。

　マーフは干からびたベーコンの最後のひと切れをなんとかのみ込みながら、検査官が立ちあがり、ガラス張りのドアへと足を向けるのを眺めた。中佐は朝陽の中へ歩みでると、強い風に襟を立てた。フライト・ラインにさっと目を滑らせてから、モトローラ無線機を口もとへあげる。

「はじまるぞ」マーフはまわりの者に教えた。

　もう動かない骨董品だと思っていた無線機が〝ザザッ〟と息を吹き返す。「警戒待機部隊《アラート・フォース》、警戒待機部隊、緊急発進《スクランブル》、緊急発進、緊急発進！　繰り返す、警戒待機部隊、警戒待機部隊、緊急発進、緊急発進、緊急発進！」

　一瞬、パイロットたちは着座したまま凍りつき、テーブルの向かいに座る仲間を、決闘で拳銃を抜こうとするガンマンのように凝視した。次の瞬間には椅子が勢いよく倒れ食器が大きな音を立て、全員がドアを目指し、緊急発進用の車両へとわれ先に駆けだした。駐車スペースから最初に車を出すペアとなるのにはプライドがかかっていた。

そんな競争には目もくれず、マーフはベーコンの屑《くず》を唇からのんびりとぬぐうと、立ちあがって椅子をきちんと戻し、リラックスして外へ出た。ほかのパイロットたちがペアで走り去るのを尻目にひとりでゆっくりと走り、まぶしい朝陽を手でさえぎってフライト・ラインに視線を馳《は》せ、二〇番目の男を探す。「どこにいるんだ、トニー？」ぼやきながら、あの骨董品の無線機じゃ目が覚めなかったのかもなと思った。

食堂から五〇メートルほど離れたところに、格納庫までの移動用にミッドナイトブルーのセダンが一〇台停《と》まっている。そしてそこからさらに五〇メートル先では、強風に張り綱をピンと引っ張られて、緊急発進待機所《アラート・シャック》が大きく傾いていた。

マーフはやれやれと首を振った。上部組織が戦略航空軍団《SAC》から航空戦闘軍団《ACC》に変わり、栄光の日々は過去のものとなった。SAC指揮下の輝ける時代には、朝食はうまくてほかほかで、しかも無料だった。緊急発進待機所は煉瓦《れんが》造りの建物で、シャワーとジムが備わっていた。今日の朝食ときたら、まずいうえに冷え切っていて、しかもひと皿四ドルだ。そして待機所はというと、茶色のでかいテントで、あとにディーゼル発電機があるだけだ。

車のエンジンをかけておくか？　それともテントまで行ってトニーを呼んでくるか？　マーフは後者を選び、待機所へ向かって駆けだした。副操縦士をベッドから引きずり出さなきゃなと思っていたが、その必要はなかった。

テントの出入り口部分のフラップがめくれ、日焼けした半裸の男が、拳銃から発射された銃弾のように飛びだした。トニーことアンソニー・メリゴールドは、B－2ステルス戦略爆撃機の操縦士として、実戦任務参加資格を得るための訓練を一週間前に終了したばかりの新米だ。身長一九〇センチ、肩幅が広く、黒髪で、目鼻立ちのはっきりとしたギリシャ系。フライトスーツを着用した姿は空軍のポスターから抜けだしてきた好青年そのもので、年上のパイロットたちからはキャプテン・アメリカと呼ばれていた。もっとも、階級のほうはまだ大尉《キャプテン》ではなく中尉だ。

マーフは目を丸くした。若い士官は灰色のボクサーパンツに黒の長靴下だけの姿で、舗装された道をこっちへ走っている。フライトスーツは右肩にかけられて風になびき、コンバットブーツは左手に握りしめられた靴紐《くつひも》の先ではずんでいた。マーフはあわてて立ち止まってまわれ右をし、パンツ姿で車へ突進する副操縦士と並んで走りだした。

「寝坊したのか？」

「こんな朝早くに発進命令が出るなんて思いませんからね」

「この演習じゃ、スクランブルがかかるのは火曜の早朝と決まってるんだ」

「え？　そうなんですか？　だったら、昨日のうちに教えておいてくださいよ」

先に車にたどり着いたのはトニーで、彼は助手席の床にブーツを投げ入れた。マーフは運転席に飛び込むなりエンジンをかけた。アクセルを床まで踏み込む彼の隣で、トニーがなんとか服を着ようとする。

「やっちまった」トニーはダッシュボードをドンと叩いた。

「なんだ？」

「シャツを忘れたんです」

「フライトスーツのファスナーを喉まで引きあげてりゃ、誰も気づかない」

トニーはうなずき、ファスナーを上へと思い切り引っ張った。「いてっ！」

「今度はなんだ？」

苦しげなささやき声でトニーが返事をする。「胸毛が……」

先を走る車を追い、マーフはまだ一キロ以上離れている最北端の格納庫へと向かった。緊急発進の際は〝安全運転を心がけつつスピードをあげる〟決まりだが、マーフは安全運転のことは忘れて車を加速させ、最後尾の車を追い抜きながら、にやりと笑って相手に手を振った。抜かれた車の運転手は拳を振りあげてみせ、助手席に座っているパイロットのほうはマーフのナンバープレートをチェックして、書き留めるまねをした。

数十秒後、マーフは第二格納庫《ハンガー2》の前に白いペンキで描かれた長方形のスペースにタイヤをきしらせて停車した。耳を聾《ろう》するサイレンが格納庫のドアから離れるよう警告する中、巨大なドアパネルが中央から左右にスライドし、濃灰色の美しい機体がその姿を見せる。車内から飛びだしたマーフとトニーは、その威容に見入って立ち尽くした。鳥の嘴《くちばし》を思わせる〝スピリット・オブ・テキサス〟の機首がふたりを見おろしている。格納庫の天井に設置された無数のハロゲンライトを浴びたその姿は恐ろしげで異質《エイリアン》に見える。

格納庫の中で、機付長が前脚にある大きな赤いボタンを押すと、機体の下面が開き、縁がギザギザになったハッチが出現し、そこからステップラダーが床へとのびた。機内では二台の巨大な発電機《ジェネレーター》がうなりをあげている。

ふたりはラダーへと走った。ハッチの下で待つ機付長は、マーフとは激励代わりに拳を軽くぶつけ合ったが、トニーを見るとぴたりと動きを止めた。靴下しかはいていない足を見て眉をひょいとあげる。

「少なくとも服は着たんだ、見逃してくださいよ」トニーは弁明した。

新米パイロットがブーツを手にラダーを駆けあがる横で、マーフは機付長に渡された整備記録《ログブック》にサインをした。それから機体のまわりを急いでぐるりと歩き、地上走行《タキシング》の際に邪魔になるような機材や道具が置きっぱなしになっていないか確かめる。Ｂ－2ステルス機の爆弾倉はまだ扉が開かれたままで、マーフは中を見あげた。この緊急発進には原稿があり、敵は架空であるとはいえ、搭載されている爆弾は本物で、ここにあるのは小国ひとつを焼け焦げたクレーターに変えられるだけの火力だ。離陸までのタイムを正確に計るため、実戦と同じ装備にする必要があるからだ。

マーフが操縦する機体には、二〇〇〇ポンド（約九〇〇キログラム）通常爆弾四発、二〇〇〇ポンド貫通爆弾四発、それにコンクリート製の掩体壕《バンカー》を破壊する〝バンカー・バスター〟として知られる五〇〇〇ポンド（約二トン）ＧＰＳ誘導型爆弾、ＧＢＵ－37を含む、一六トンの兵装が搭載されていた。

「周囲に障害物はなし、兵装《ウエポン》はオーケーだ！」声を張りあげて告げ、マーフはラダーをのぼった。操縦席に腰を落としてＢｏｓｅ《ボーズ》のヘッドセットをつけ、編隊長《リーダー》が交信を開始するのを待った。

「レイジ、交信《チェック》開始」

「二番機(ツー)」

「三番機(スリー)」今回の演習で使用される編隊のコールサイン、憤怒(レイジ)の二番機、三番機が次々と声をあげ、〝テン〟まで行ったところで沈黙が落ちた。

「このあとは何をするんです？」トニーが尋ねる。

「このあとは待つんだよ」マーフは腕時計を確認した。中部標準時午前七時五五分。日にちは九月一一日。

2

ドイツのシュパングダーレム空軍基地にあるフィットネス・ルームの細長い窓から午後の淡い陽射しが射し込み、ラバーマットを張られた床に明るい光の柱が形作られるが、ぬくもりを添えることはない。在欧アメリカ空軍、第八一戦闘飛行隊のニック・バロン中尉はサンドバッグに拳を叩きつけた。一八二センチの体はなめらかなフットワークでサンドバッグのまわりを動き、スチールブルーの目はターゲットをしっかりと見据えている。金色の髪は汗で額に貼りついていた。肩幅は広くはないものの、筋肉質で、彼のパンチの勢いに重さ約七〇キロのサンドバッグが激しく揺れる。

片脚に体重をかけて回し蹴りを繰りだそうとしたとき、誰かが入室する気配がした。ニックはほんの一瞬動きを止めると、侵入者への接触を避けるためにキックはやめ、サンドバッグへの殴打を続けた。邪魔はさせない。タイマーではまだ六〇秒残っている。侵入者は気後《きおく》れすることなく、さらに目につく場所へと移動した。床にのびていた光の柱が消える。

「邪魔だぞ。それに、そこに立たれると部屋が暗くなる」

赤毛にそばかすの侵入者、マクブライドは、すまなそうに肩をすくめた。「すみません、サー。ですが、ヴォルトにいらしてください。大至急です」

タイマーが鳴り、ニックは年下の航空兵を押しのけるようにしてアラームを止めると、小さなタオルをつかんで顔をぬぐった。「オソに伝えてくれ、ワークアウト中に用事があるのなら自分が来いと」

情報専門官は視線をさげながらもニックの前に足を踏みだした。「サー、少佐は航空団司令部に呼ばれて不在です。少佐が戻るまで、任務計画部門の責任者はあなたとなります」

「どういうことだ?」

「本国が攻撃にさらされている模様です」

第八一戦闘飛行隊では、ニュースが即座に伝わるかどうかは運しだいだ。アメリカ本土にある基地とは違い、在欧アメリカ空軍が駐留するヨーロッパ各国の基地ではテレビのニュースチャンネルを常時つけたままにはしておらず、FOXニュースどころか、CNNさえ流れていない。多くの場合、ここでは妻たちからの電話がニュースの第一報となる。パイロットたちはワイフによるニュースネットワーク、略してWNN

と呼んでいた。ＷＮＮは今回も空軍の情報ルートをしのいでニュースを伝えた。隊長の夫人がこの悲劇を急ぎ夫に知らせたのだ。そしていま、マクブライドとそのほかの分析官――情報専門官と呼ばれる――は状況把握に努め、時間がかかる正規のネットワークから情報を引きだそうとしていた。

ニックはマクブライドに続いてヴォルトへと入った。飛行隊の機密情報が保管されているその部屋は鋼鉄製の巨大な防爆扉《ブラスト・ドア》で守られており、ここが金庫室《ヴォルト》と呼ばれる由縁だ。広々とした室内の中央にあるマップ・テーブルは、空図《チャート》で埋め尽くされている。壁のひとつにはドアが三つ並び、奥は狭いブリーフィング・ルームになっている。残り三面の壁にはコンピュータのワークステーションがあり、それぞれ情報担当、兵装担当、任務計画担当と、飛行隊内の戦術部門ごとに一面ずつ割り当てられていた。マクブライド航空兵がニックを三番目のワークステーションへと導くと、コンピュータの前にいた別の専門官が席を離れてニックのためにスペースを空けた。

上等航空兵ウィル・マクブライドを見るたびに、ニックは俳優のアンディ・グリフィスがすぐそばから顔を出しそうな気がした。マクブライドは見た目も、素直な性格も、グリフィス主演のホームドラマに出てくる息子役のオピにそっくりだ。それでいながら、マクブライドはこれまでニックがともに働いた中で最も優秀な情報分析官のひとりでもあった。

「どういう状況なんだ、マクブライド？」

「ニューヨークで同一のビルが二度攻撃を受けたようです」マクブライドはこれまで集めた情報とニュース記事を画面に次々と表示した。旅客機が世界貿易センタービルの北棟に衝突。その一七分後に二機目が南棟に突っ込んだことで、最初の出来事が前代未聞の事故である可能性は消滅した。まだマクブライドが報告している横で電話が鳴った。

別の専門官が受話器をつかみ、耳を傾け、その目を大きく見開いた。彼は視線をあげて、送話口を手で覆った。「たったいま国防総省《ペンタゴン》が攻撃されました」

「これは戦争だ」マクブライドが静かに言った。

ニックは頭を垂れ、声を出さずに祈りをささげた。この攻撃で命を落とした犠牲者のために。家族を失った者たちのために。そして、神により正義が成されるようにと。

3

「何者の仕業か判明するのにどれぐらいかかると思いますか？」マクブライドが尋ねた。

「誰の仕業かははっきりしている」

「ビン・ラディンですか？」

ニックはうなずいた。アメリカ政府の情報コミュニティに属する者でその名前を知らない者はほとんどいない。世界中も数時間のうちにその名を知ることになるだろう。

イスラム系のテロリストたちの動向に目を光らせはじめたのは、ニックにしてみれば風変わりな趣味のようなものだった。いわば空軍士官学校の中東研究学科で学んだことの延長だ。しかし、テロリストたちの活動は年々エスカレートし、それにつれて趣味は執念へと変化した。凶悪なテロ行為が発生するたびに、ニックは胸をえぐられた。エジプトで観光客が無差別に殺傷された一九九七年のルクソール事件。一九九八年に起きた、ケニヤとタンザニアでのアメリカ大使館爆破事件。そしてアメリカ海軍のミサイル駆逐艦コールがイエメンで襲撃された二〇〇〇年の事件。そのひとつひとつが、ニックの執念をさらに強固なものにした。

ニックは時間を見つけては、すでに判明しているビン・ラディンの潜伏地を調べてファイルに記録し、アイマン・アル・ザワヒリ、ムハンマド・アーティフ、タリク・アル・マジド、そのほか数名の側近についても同様にした。ニックは連中の名前を知っていた。連中の顔も知っていた。そして、いかなる犯罪を犯したのかも知っている。機会さえ与えられれば、喜んでその中の誰でも暗殺する。その憎しみは――流された血への報復に新たな血を求めることは――自分を連中と同類にするのではと思うときもあった。だが、いまはどうでもよかった。アメリカの軍人全員がそうであるように、ニックは報復を求めていた。

ニックは静かな機械音を立てるワークステーションを見おろした。「犯人を何人か絞るか？」そうききながら、デスクから椅子を引きだす。

「第八一戦闘飛行隊も報復攻撃に参加できるでしょうか？」

ニックはため息をついて椅子を戻した。「いいや。少なくとも、いますぐ参加することはないな」その声に悔しさが滲《にじ》む。「なんらかの報復攻撃を行う際には、まず強打者《ヘビー・ヒッター》を出すだろう」

「B－2による爆撃ってことですか？」マクブライドはあきれ顔で目玉をぐるりとま

わした。「あのステルス機に執着するのもほどほどにしたほうがいいですよ、サー」

ニックがB－2ステルス爆撃機への機種転換を希望していることは、第八一戦闘飛行隊で知らない者はいなかった。B－2を操縦する上で必要とされる飛行時間に達していないのにもかかわらず、数カ月前にはこのステルス機を配備する第五〇九爆撃航空団への配転願いを提出してさえいる。誰もが驚いたことに、人事担当部署は航空団があるホワイトマン空軍基地までニックをやって面接を受けさせた。だが、面接官の反応は冷ややかで、ニックはつい三週間前に肩を落としてドイツへ帰ってきたところだった。いまは配転願いが正式に却下されるのを待つばかりだ。

「好きにからかえばいい。だが、こうして話してるあいだにもB－2はエンジンをかけ、攻撃目標《ターゲット》の座標を待っているはずだ」

4

ミズーリ州　ホワイトマン空軍基地
二〇〇一年九月二四日

　トニー・メリゴールドはため息をつきながら高速道路をおり、基地の正面入り口へとハンドルを切った。あの日の出来事は、いまにして思えば悲劇的な偶然だ。母国が攻撃にさらされたあの瞬間、爆装を搭載し燃料満タンのステルス爆撃機一〇機が、緊急出動要員を乗せていつでも出撃可能な状態にあった。トニーとマーフはなんの情報も与えられないまま機内で一時間待たされ、その後ステップラダーをあがって床から顔を突きだした伝令役から、ニューヨークが攻撃されたことを知らされた。そして待機の指示を伝えられ、ふたりは待った。

　さらに丸々四時間、二〇名のパイロットは兵装を整えたステルス爆撃機の操縦席に座っていた。誰ひとり待ちくたびれることなく、誰もがゴーサインが出されるのを何より望んでいた。だが、ゴーサインは出なかった。彼らはエンジンを止めるよう命じられたのち、帰宅して自宅で待機するよう指示され、そして二四時間後には待機命令も解かれた。それが二週間前のことだ。

ゲートを通りながら、トニーは基地の正面入り口を守るように展示されているB－29大型爆撃機を見あげた。この有名な機体は、トニーが所属する飛行隊の歴史の象徴で、その活躍はいまもって賛否が分かれている。一九四五年八月六日、第三九三爆撃飛行隊は南太平洋のテニアン島からB－29二機を発進させた。数時間後、そのうちの一機、エノラ・ゲイが広島に原子爆弾を投下、もう一機のグレート・アーティストは随伴機《チェイス》として科学的観測を行った。

タイガーズという愛称を持つこの飛行隊はその後、さまざまな爆撃機を運用した。B－47戦略爆撃機にB－52戦略爆撃機、F－111戦闘爆撃機、そして現在はB－2ステルス戦略爆撃機だ。だが、B－29大型爆撃機グレート・アーティストは飛行隊の名誉会員であり、伝統の証《あかし》として保存されている。

トニーは半年前にホワイトマン空軍基地に配属されてからほぼ毎日のように、正面ゲートを通過する途中で車を減速し、この古い爆撃機を改めて眺めた。だが、最近ではそれもやめていた。ここ二週間はほとんど気をとめもせずに通りすぎ、飛行隊本部へと急いで、アメリカが報復攻撃への一歩を踏みだしていないか確かめた。

タイガーズが、同じく第五〇九爆撃航空団に属する第三二五爆撃飛行隊ケイヴメン（二〇〇五年に第一三爆撃飛行隊に名称変更）と共有する煉瓦造りの大きな施設は、飛行隊本部というより、凶悪犯罪者を収容する刑務所を連想させた。鉄条網とモーションセンサー付きの高さ三メートルのフェンスが施設を囲い、武器を装備した監視カメラが見えないところから周囲を見張っている。

何重にもなったセキュリティを通過し、階段へと向かうまでに一五分かかった。飛行隊本部がある階には、大きなトラの剝製《はくせい》が飾られている。片方の前足を踏みだし、獲物にそっと接近するかのように頭を低くしているドアの見張り番だ。トニーはガラスケースに手を当てた。「やあ」静かに声をかける。「手痛いパンチを喰《く》らったお返しをいつかできると思うかい？」

紅葉《オータム》と名付けられているトラは慰めるような目で見つめ返すが、その口はじっと閉ざされたままだ。トニーはため息をついた。「だよな、おれにも答えはわからない」

飛行隊の兵装管理部《ウエポンズ・オフィス》に入ると、中にいたマーフがハイタッチを求めて片手をあげた。トニーは戸惑いながら手を打ち合わせた。「進展があったんですか？　ついに出撃ですか？」

「そいつはまだだ。だが、行くときには、おれとおまえは〝ナイト・ワン〟のパートナーだぞ」マーフはもう一度手のひらをあげた。

「そいつを聞きたかったんですよ」トニーは一度目より元気よく相手の手をパンと打った。少なくとも上層部が爆撃任務に参加するクルーを決めるほどには、状況は動いていた。最初の攻撃任務は枠組みがすでに整えられ、ふたりは出動要員に選ばれただけでなく、攻撃初夜《ファースト・ナイト》に出撃するメンバーに抜擢されたとマーフは説明した。

新たな知らせのないまま時間は過ぎ、それにつれてマーフがもたらしたニュースへの興奮も冷めていった。兵装士官の作業を手伝いながら、トニーは仕事に身が入らなかった。その日は兵装目録をだらだらと確認して過ごし、そこに記載されている爆弾をステルス爆撃機に搭載させるよう電話で指示されるのを待ったが、電話は鳴らずじまいだった。やがて帰宅時間となった。世界中の聖戦《ジハード》主義者たちに高笑いをさせて、アメリカはまたも何もせずに一日を終えた。

駐車場に並ぶ自分の車へと歩いていると、別のパイロットがトニーの腕をつかんで引き止めた。「よう、キャプテン・アメリカ。あちこち探したぞ」男は片方の頬を引きつらせてにやりと笑った。相手は別に作り笑いをしているのではない。アイスホッケーのパックが顔面に当たり、頬に七センチもの傷跡が残ったせいで、笑みが引きつってしまうのだ。彼のコールサイン、スラップショット（アイスホッケーの用語でシュートの一種）もそこから来ている。

笑みを浮かべたままスラップショットは頭を傾け、通りの向かいにある士官クラブを示した。「ミーティングまであと五分だ。遅刻する気か？」

ミーティングがあるとは聞いていなかったが、トニーは仲間のあとについてクラブへと向かった。スラップショットが彼のために通用口のドアを開けて待つ。「ほら、急げ。この奥だ」

トニーは躊躇《ちゅうちょ》した。「正面の入り口じゃないんですか？」傷のせいとはいえ、相手の笑みは不気味だった。それに、通用口の先にあるのは、バーの裏にある小さなビリヤードルームで、ふだんミーティングに使われる会議室でないのも彼は知っていた。バーの裏でなんのブリーフィングをやろうっていうんだ？

考える時間はなかった。スラップショットがしびれを切らし、トニーをつかんでドアの中へと押しやったのだ。よろめいて部屋に入ったトニーは、目にした光景にあんぐりと口を開けた。

ビリヤードテーブルの両側に、タイガーズのパイロットがひとり残らず気を付けの姿勢で並んでいる。テーブルの向こう側にひとりだけ立つのは、隊長ではなくマーフ

だ。彼はトラ柄のおかしなローブをまとい、大きなハンマーを王笏《おうしやく》のように握ってい
る。テーブルにはビールやソフトドリンクのジョッキが置かれていた。スラップ
ショットはトニーの背中を叩いてドアを閉め、自分も仲間の横に並んだ。
「よいか！」マーフが声を張りあげる。「ここにいる者全員に告げよう、トニー・
C・メリゴールド中尉は、いかなるときにも戦闘可能でなくてはならないタイガーに
求められる力量と献身の精神を有することを見事証明した」彼はトニーの目を見据え
た。「メリゴールド中尉、汝《なんじ》はここに集《ま》った荒くれ者たちにより……」
マーフは言葉をとぎれさせ、妙な間があいた。「うおっほん、ここに集まった荒く
れ者たちにより……」繰り返して、まわりの者たちを見回してにらむ。
パイロットたちはようやく合図に気がつき、進行役の言う〝荒くれ者たち〟を演じ
てうなり声をあげだした。それがウォーッという盛大な雄叫《おたけ》びにまでなったところで、
マーフが王笏代わりのハンマーを掲げて静かにさせる。
「仲間として認められ」マーフが先を続ける。「タイガー一団《プライド》としてここに正式に迎
えられた。よってこれより、タクティカル・コールサイン（無線交信の際に使用する呼び名。パイロットのニックネームともなる）
を授ける。前へ出よ！」
ほかのパイロットたちはふたたび騒ぎ声をあげてトニーをマーフのほうへと押して

いった。茶色い液体の入ったやたらと大きなショットグラスを誰かに手渡され、トニーが何も考えずに飲みほすと、すぐさま次のグラスを持たされた。彼は困惑した顔でマーフを見たが、トニーのパートナーは説明しようとはせずにラッカー塗りの古びた箱を手に取り、薄気味悪い歩き方で近づいてきた。


翌朝トニーは自宅のソファで目を覚ました。ベーコンが焼ける音とにおいがキッチンから流れてくる。

「冷蔵庫の中にあったものを勝手に使ってるぞ」マーフの声だ。「腹は減ってるか？」

「まったく減ってませんよ」トニーはなんとか体を起こしてソファに座った。「ここに泊まったんですか？」

「ああ。家まで送るだけのつもりだったが、おまえの悪酔いぶりときたら。ほうっておくのは心配だったんだよ。嫁さんが必要だな」

「ですね」トニーは笑ってみせようとした。「少佐はいい嫁さんになれますよ」

「まあな。ゆうべの記憶はあるのか？」

トニーは目をつぶり、頭がガンガンするのをこらえて考えた。「〝ドレイク〟ってコールサインをもらったのは覚えてます。待機所から裸で飛びだした姿が、トカゲが卵を割って出てきたところに似てたからとか……」

「それを覚えてるんなら、オーケーだ」マーフは持っていたトングを魔法使いの杖《つえ》のようにトニーのほうに向けて振った。足もとのタイルに油がぼとりと落ちる。「おまえは戦うためにこの世に生まれ落ちた伝説の若いドラゴン、ドレイクだ」ウィンクする。「おれが考えたんだぞ。気に入ってるんだから、その名に恥じないようにしろよ」

「ドレイク」トニーはその名が自分になじむか試すかのようにつぶやいた。

マーフはコンロへと向きなおった。「おまえのはまだましなほうだ、ドレイク。魚の名前をつけられるやつだっている。ほかには何か覚えてるか？」

「浴びるほど酒を飲まされたことだけかな。あと、ベトナム戦争当時からあるとかいう靴下を使って儀式をやりましたよね」

年配のパイロットはフライパンを持ったまま笑い声をたてた。「よく覚えてるな。たいていのやつはそこのところはさっさと忘れるんだ」

ふたりはつかの間沈黙し、焼けたベーコンがはじける音が響いた。

「マーフ？」やがてドレイクが沈黙を破った。

「なんだ？」

「あいつを叩きつぶすんですよね？　ビン・ラディンを、あいつの仲間たちを。おれたちはあいつを叩きつぶす、そうですよね？」

「ああ、ドレイク。おれたちが叩きつぶす。おまえとおれがな、相棒《バド》。あとはワシントン《DC》にいる誰かが決断をくだすだけだ」

5

ドイツ　シュパングダーレム空軍基地

ニックは歴史から切り離されたように感じていた。母国が戦争への道を進むのをただ眺め、自分は参加が許されるのかもわからないでいる。

ニューヨークへの攻撃後、彼はビン・ラディンとアルカイダに関する報告書をマクブライドとともに二日間でまとめ、航空団内の情報部に提出した。その中で、ニックは同時多発テロ攻撃の中心的な立案者のひとりがタリク・アル・マジドである可能性を指摘し、報復攻撃が行われる場合の戦場はイラクになるだろうと記した。アル・マジドが最近トルコからイラク入りしたとの目撃情報があり、それは彼がビン・ラディンとバグダッドを結ぶ連絡役だという報告とも一致した。航空団の上層部は当初ニックの報告書に強い関心を示したが、戦争への出撃命令は下らず、やがて報告書は団内の書類キャビネットにしまわれた。

この二週間、パイロットたちは戦争に関して何ひとつ聞かされていなかった。そこにようやく、ニックの所属する飛行隊の隊長は――コールサインはレッドアイだ――ミーティングを開いた。

三六名のパイロットたちは、ついにレッドアイがアフガニスタンへの出撃を宣言するものと確信し、勇んでホールに集合した。だが、隊長は患者に悪い知らせを告げる医者のように、統合参謀本部は今回の攻撃に在欧軍の参加は見合わせることを決定したと知らせた。在欧軍は新たな戦線が開かれた場合に備えて、予備兵力になったのだと。

怒りと憤りがホールに充満した。

ミーティングのあと、パイロットたちはうんざりとしたようすで頭を垂れ、仕事へ戻っていった。ニックは無力感を覚えた。自分はテロリストたちと戦うこの戦争に行きたいんじゃない、と胸につぶやく。行かなければならないんだ。

「頭を切り替えろ」小柄ながら筋肉質の少佐がニックの背中を叩いた。「これから飛行訓練のブリーフィングだぞ」ブリーフィング・ルームのドアを開けて脇に立ち、ニックともうふたりのパイロットを中へ通す。

ヘクター・〝オソ〟・ガルシア少佐は第八一戦闘飛行隊所属の兵装士官だ。多くの場合がそうであるように、彼のコールサインも〝名は体を表す〟ものではない。オソがまだ新米だった頃、小柄なヒスパニック系パイロットにスペイン語で熊を意味する〝オソ〟と名付けたらおもしろかろうと誰かが考えたのだ。差別用語の使用禁止は広報官に適用される規則で、パイロットたちには関係ない。

それでもなお、オソは飛行隊の中では一目置かれる存在だ。海軍の戦闘機兵器学校、通称トップガンと並ぶエリート学校であるアメリカ空軍兵器学校を卒業しており、兵装士官として飛行隊の主任教官を務めるかたわらで、戦術に関わるすべての重要案件で飛行隊隊長の信頼ある顧問役を果たしている。彼は優秀な戦闘機乗りであり、博識な戦術家であり、基地の柔術クラブでは、一〇キロ近い体重差をものともせずに、ニックの良き対戦相手となっていた。

小さなブリーフィング・ルームは成人男性四人が使うにはあまりに狭く、息苦しかった。ワークテーブルまで小さく、三人のパイロットが席に着くと、感謝祭のディナーで小さなテーブルに追いやられた子どものように見えた。

みんなの前に立つオソは、ほかの者たちが窮屈そうにしているのにも気づかないようすだ。彼は訓練任務で予想される事態をゆっくり説明し、それなりの確率で起こりうる事故をすべてあげていった。無線機の故障。飛行中に緊急事態が起きた場合の対処。そして小隊のメンバーが墜落した際の対応。そのあとようやく戦術部分に話を切り替える。彼はテーブルに地図を置くと、ドイツ南西の入り組んだ渓谷を這《は》うラインを指した。「これがわれわれの進入ルートだ、そしてライン渓谷の端にあるこの尾根が戦闘地域の前線を示す。平たく言えば、そこから先が訓練空域だ。高度五〇〇フィート（約一五〇メートル）を維持して尾根に隠れ、無線交信を行う場合にのみ上昇する。姿を見られるのは避けるに越したことはない。

　地上連絡員はスネイク・ワン・ファイヴ、ジョー・フォレスター少尉に演じてもらう。少尉は攻撃目標《ターゲット》候補を探しに朝から出発し、ベヒンゲンという小さな町のそばにいることになっている」オソがにやりとする。「町の東側にあるパブから一〇〇メートル以内を探せばすぐに見つかるだろう。スネイク・ワン・ファイヴはターゲットの座標をわれわれに伝え、視認のための情報を提供する」

　戦術についてさらに二〇分話し合ったのち、オソは質問はないかと尋ねた。誰も声をあげずにいると、彼は室内で最年少のパイロットに顔を向けた。「コリンズ、作戦はしっかりと理解できたか？　統合参謀本部の気が変わって、この戦争に在欧軍も投入されることになった場合に備え、きみも実戦に出られるようにしておくんだ」

　ニックは地図から視線をあげて、年下のパイロットに目をやった。その日の飛行任務はこの青年、ブレント・コリンズの戦闘訓練が主な目的で、彼はまだ実戦参加資格を得ていなかった。オソが彼の飛行を判定することになっていた。兵装士官の前で失態を演じたがるパイロットなど存在しないが、コリンズの場合は緊張せざるをえないさらに大きな理由があった。操縦訓練課程を終えてこの基地へ配属されたあと、彼は戦闘訓練ですでに三度失敗しているのだ。次にまたしくじれば、レッドアイは彼を輸送部隊へ送りかねなかった。

コリンズはそれが中国語で書かれているかのような顔で自分の前にある地図を見た。

「その……大丈夫です、サー。質問はありません」

格納庫までの移動用車両へと向かっていると、四番目のパイロット、バグが足をゆるめ、ニックも引き止められる形になった。ネブラスカ州出身の大男は不安そうに顔を曇らせている。「ブレントのやつ、大丈夫だと思うか？　どうも自信がなさそうに見えたんだが」

「オソの前で縮みあがっていただけだろう」ニックは小さく笑ってみせた。「今日の飛行は操縦訓練課程で最低でも二〇回はやったことばかりだ。そうだろう？」

「アイリッシュ・クロスは別だ」

複雑な戦術機動の名を耳にして、ニックは足を止めた。オソはブリーフィングで、今回使用する戦術のひとつとしてそれをあげたが、四機の連携が必要となるこの攻撃法はコリンズの能力ではかなり難しいのは確かだった。ふたりの前方で、オソとコリンズはすでに車両にたどり着いていた。オソが自分の腕時計をとんとんと叩き、ニックとバグをせかした。

ニックは手を振り返してバグを前へと押しやった。「これはオソの任務だ」声を低めて言う。「彼は自分が何をしているのかちゃんとわかっているさ」

6

ニックはバグを引き連れ、赤茶けた秋の色に染まるなだらかな丘陵《きゅうりょう》を通過した。できるかぎり渓谷に沿って飛行し、南と東を低速で進む。ウィザードと名付けられた四機編成の小隊《フライト》が数分前に訓練空域に到着すると、オソは隊をふたてに分け、ニックとバグには事前に説明した集合地点がある南へと向かわせた。

ニックは敵地との仮想の境界線を示す尾根を発見してそれをたどった。集合地点となっている小さなマイクロ波通信塔が見えてくる。彼はニーボード（ベルトなどで太腿に固定できる小型バインダー）にはさんである衛星写真とその場所を見比べた。写真にあるように、塔がある施設の北側から道路がのび、ゆるやかに東に折れて稜線の低くなった部分をのぼっている。「ウィザード三番機《スリー》、Ｘ《エックスレイ》地点に到着」彼は報告した。

「ウィザード一番機《ワン》も到着」ＵＨＦ無線越しにオソの声は遠く聞こえた。「スネイク・ワン・ファイヴへ、スネイク・ワン・ファイヴへ、こちらウィザード・ゼロ・ワン。聞こえるか？」

「ウィザード・ゼロ・ワンへ、こちらスネイク・ワン・ファイヴ。明瞭に聞こえています」ジョー・フォレスター少尉が応答する。「準備ができたら教えてください、自分の現在地と第一攻撃目標《ターゲット》の座標を伝えます」

「待機《スタンバイ》してくれ、スネイク」オソが言った。「ウィザード小隊、ポジション・ワンへ移動」

ニックはバグをリードし、稜線がさがっている箇所を通って尾根の向こう側へと進んだ。ここからは目標地域がはっきりと見える。山の背を越えると急に平野が開け、ライン川渓谷のなだらかな景観が広がった。鮮やかな紅葉がとぎれた先には黄褐色や茶色の畑があり、いくつかある小さな町を区切っている。その中のひとつが今回のターゲット地域、ベヒンゲンで、尾根から数キロの位置だ。ニックとバグは低高度を維持し、背後の山に機影が紛れるようにした。これならベヒンゲンの民間人がこの方角に視線を向けても、エンジン二基を背負った姿からイボイノシシ《ウオートホッグ》、またはホッグと呼ばれるA－10攻撃機の機体は見えないだろう。「ウィザード・スリー、ポジションへ移動しました」ニックは無線で告げた。

「了解《コピー》。座標を教えてくれ、スネイク」オソが求める。

ジョーはA－10乗り《ドライバー》たちに自分の現在地を説明し、オソは四人全員が町のすぐ東にある高機動多用途装輪車《ハンヴィー》を視認したのを確かめた。ジョーはそこからは自分の位置と関連づけて、ターゲットの詳細を伝えた。「ぼくがいる場所の西にあるサッカー場が見えますか？」

「見える《アファーマティヴ》」オソが返す。

「サッカー場の縦の長さを一単位《ユニット》として、北西に二ユニットのところに見えるものを説明してください」上空から地上の距離をつかみやすいよう、少尉はサッカー場を使って言った。

「車両が二〇台ほど集まっているようだな、色はグレイか白がほとんど、L字型の建物の南東側だ」

「そのとおりです。その駐車場を敵の作戦拠点とします。そこにある車両があなたのターゲットだ。スネイク・ワン・ファイヴはそこから迫撃砲で攻撃されているという想定です。ただちに作戦拠点を破壊してください」

「ウィザード小隊へ、マーヴェリックによる攻撃《ストライク》パターン・ワンだ」オソが指示を出す。「ウィザード・ワンの二機編隊《エレメント》はターゲットの北側を攻撃する。ウィザード・スリーのエレメントは南側だ。攻撃後は集合地点に戻れ。きみたちは作戦開始時刻《ハック》から一分後に進入をスタートだ。準備ができたら告げろ」

ニックはバグに目を向けた。相手は翼を振った。攻撃準備ができているというサインだ。「スリーは準備完了《レディ》」ニックは報告した。

「では行こう。スリー……ツー……ワン……作戦実行《エクセキユート》！」

ニックは北に目を凝らし、オソがターゲットへと機首をめぐらせるのを確認した。攻撃パターンを頭の中で復習し、バグを率いて行くのはオソのスタートタイムからさらに六〇秒後だと自分に念を押す。第一編隊が実際にミサイルを投下した場合、その飛散物を避けるために間隔を開ける必要があるからだが、ここで留意すべきなのは爆発物の破片だけではない。ニックはブリーフィング・ルームに立つオソが、ターゲット・エリアを東西に走る道路に沿って地図にラインを描くさまを心の目に映した。それぞれの飛行コースを分けて空中での衝突を避けるため、ニックは自分の編隊をその道路の南側に維持しなければならないのだ。

オソのA－10《ホッグ》が平地を横切るのをニックは目でとらえた。ここから編隊長《フライト・リーダー》が上昇、旋回し、ターゲットに機首を向けて空対地ミサイル、マーヴェリックでの攻撃を模擬実施《シミユレート》する流れだ。二番機のコリンズがすぐにそれに続き、同様にするはずだった。だが、新米の機影は見当たらない。どこにいるんだ？

「あいつ、遅れてるな」ニックはぼやいた。ヘッド《H》・アップ《U》・ディスプレイ《D》の録音スイッチを押して音声メモを取る。「一〇月三日、ウィザード・ゼロ・スリー、

第一回攻撃《ファースト・アタック》、記録者はニック。事前説明での攻撃はマーヴェリックによるパターン・ワン。ウィザード・ツーが少なくとも一海里《マイル》の遅れ。飛散物を避けるために、三番機は攻撃を遅延する」

ニックはバグを率いて旋回し、時間をずらした。攻撃準備が整うとバグに翼を振り、ターゲット・エリアへと機首を向ける。バグは彼に続き、二機のA－10攻撃機はドイツの田園風景を低空で横切った。パッチワークを描く畑が茶色や緑に滲んで眼下をかすめる。八マイル手前で、ニックは急上昇《ポップ・アップ》から旋回進入《ロール・イン》して攻撃するために、ターゲットからわずかに機首をそらした。

「ウィザード・ワン、ライフル・ツー」オソが赤外線誘導型のマーヴェリック・ミサイルを模擬発射した。

ニックはターゲットからの距離を確認した。コリンズが遅れた分の調整はうまくいったらしい。

「ウィザード・ツー、ライフル・ツー」新米もようやく発射を報告した。

ニックはさらに数秒カウントして、コリンズのミサイルが実際に発射された場合にターゲットに到達する時間を与え、それから自機の機首を引き起こした。実戦であれば、いまが最も敵の砲撃にさらされるときだ。上昇の途中で左へ大きく傾斜《バンク》して機首を引き、地平線を縦に切り裂いて急降下する。攻撃の軸線にのって直線飛行に入り、彼はマーヴェリック・ミサイルの先端に搭載された赤外線シーカーの目を開かせた。

シーカーからの画像を映す緑がかった画面に、輪郭と影が判然としないターゲットの駐車場が現れる。ニックは南西側に十字線《クロス・ヘア》を動かして画像を拡大し、ディスプレイ上できれいに輝いている車両を選んだ。誰か到着したばかりだな、と彼は胸につぶやいた。エンジンがまだ熱を持っている。ミサイルのシーカーをロックし、HUDで再度確認してから、彼は発射ボタンを押し込んだ。

シーカーの画面が真っ暗になった。発射成功だ。もっとも、翼下に搭載されているミサイルはそのままそこにある。これにはロケット・モーターがついておらず、兵装ステーションに固定された訓練用だった。ニックは飛行を維持して、シーカーがリセットされるのを辛抱強く待った。駐車場の画像が戻ってくると、次のターゲットに狙いを定め、二基目の武器発射をシミュレーションした。

この全過程に――攻撃の軸線に自機を定めてから二基目のマーヴェリックを発射するまでに――ニックが要した時間は七秒にも満たなかった。「ウィザード・スリー、ライフル・ツー」無線で報告する。彼は機体を横へと傾けて操縦桿《そうじゅうかん》を大きく引き、自機が落としたミサイルの爆発片を避けて旋回した。飛散物をやり過ごしたあとはバグへと注意を転じた。低空を保ってターゲットのまわりを飛行し、いつでも掩護射撃できるようにする。

「ウィザード・フォー、ライフル・ツー」バグも無事にミサイルを発射したことを告げた。

ニックは僚機《ウィングマン》が反転してターゲットから離れるのを見守った。バグの機首が自分のほうへ向くと、相手によく見えるよう翼を振る。「フォーへ、スリーはそっちの真正面《トウエルブ》にいる。X地点《エックスレイ》までついてきてくれ」

「ウィザード・フォー、スリーを視認。指示に従う《ウィルコ》」バグは尾根の向こうの集合地点までニックのあとを追うと知らせた。

「ウィザード小隊、次の目標を攻撃する準備ができたら教えてください」ふたたび少尉の声が聞こえた。

「こちらウィザード・ゼロ・ワン、準備完了《レディ》」

続く説明にニックは耳を凝らした。この攻撃では上空からターゲットを発見する訓練が行われる。つまり、最初のときのように僚機を引き連れて尾根を越え、ジョーが説明するのを聞きながらターゲットを見つけることはできない。尾根の裏に潜んで低空飛行を続け、ターゲットの情報を頭に入れてから、尾根越え後に敵の位置を探さねばならないのだ。この場合、お互いの機体を視認する時間も減る。攻撃のタイミングを合わせせられるかは、お互いの連携にかかっていた。

「新しいターゲットは敵の指揮所で、東から西に並ぶ三連の建物です」ジョー少尉が伝える。「もう一度さっきのサッカー場を一単位《ユニット》として、前回のターゲットから南東に半ユニットのほうを見てください。ターゲットとなる三つの建物は両側に五〇メートルほどのスペースがあり、まわりから切り離されています。木造で壁は白塗り、ブルーの屋根の建物は周辺ではその三つだけです」

ニックは頭の中でその図を描き、駐車場のまわりの光景を思い出そうとした。そのとき、オソがこの攻撃の難度を跳ねあげた。「ウィザード小隊」オソが指示を出す。「これには攻撃《ストライク》パターン・スリーを用いる。使用するのは機関砲、マーヴェリック、それに爆弾だ。この攻撃ではターゲット・エリアが23ミリ対空機関砲で守られていると想定する。ウィザード・スリーの二機編隊《エレメント》は西側の建物ふたつを攻撃。私のエレメントは対空機関砲と東側の建物だ。準備ができたら知らせろ」

ニックはひと呼吸おいて新たな情報を頭に入れ、準備ができたとバグが合図をするのを見てから応答した。「スリー、準備完了《レディ》」

「ウィザード小隊、スリー……ツー……ワン……作戦実行《エクセキュート》！」

どういうつもりだ、オソ？　自分の時計をスタートさせながらニックはいぶかった。この任務ではストライク・パターン・スリーとはアイリッシュ・クロスを指し、しかもオソは、位置を未確認のターゲットにそれを使うよう、たったいま指示したのだ。熟練したホッグ・ドライバーでも難しいのに、コリンズのように四苦八苦している新米にやらせるのは論外だ。

気を揉《も》んでいる時間はなかった。ニックは翼を振ってバグに合図すると、稜線がさがっている箇所へと降下し、そこを通る道に機体をこすりつけるかのように低空で進んだ。コクピットの両側を樹影が流れ、電波高度計は地面から九〇フィート（約二七メートル）と表示した。接近する山肌が不意にふたたび青空へと変わり、彼は機体を横転《ロール》させて背面姿勢にし、尾根の東側へと降下した。

アイリッシュ・クロスは、A－10《ウオートホッグ》の戦術マニュアルの中でも最も複雑な機動と言えた。複数のタイプの兵器を搭載したA－10四機が複数のターゲットを攻撃するもので、一番の問題は対空砲や地対空ミサイルシステムという、重火器への直接攻撃が含まれることだ。アイリッシュ・クロスという名称はその飛行方式からきている。十字に円を重ねるもので、アイルランドで聖パトリックが創《つく》ったと伝えられる十字の形に似ている。この攻撃はふたつの二機編隊がまったく別々の方向からターゲットに向かうところからはじまる。

平野上空で機体を水平に戻して真後ろ《シックス》を確認すると、バグが完璧な位置に滑り込むのが見えた。「ウィザード・スリー、作戦実行《エクセキュート》」ニックはそう告げるのと同時にバグの正面からわずかにそれて東へ向かい、対空機関砲の射程範囲の目安となるものを地上に探した。バグは脅威へ向けて飛行を続けている。そろそろ架空の敵はレーダー上にバグの機影を発見し、接近してくるA－10攻撃機に砲口を向けはじめる頃合いだ。

理想的なアイリッシュ・クロスでは、スリーとフォーが先行する。フォーは敵に向かって直進し、地対空ミサイル《SAM》もしくは対空砲《トリプルA》を引きつける。そして敵の射程範囲に入る直前に反転して敵の攻撃をかわす。バグはそのとおりに実行した。

ぴったりのタイミングでバグは機首をめぐらせ、仮想の脅威の射程外にとどまった。次にニックが――三番機だ――みずから囮《デコイ》となって進入する。彼はA－10攻撃機の機首をあげ、脅威に対して機関砲を向けた。この距離ではダメージを与えることはほとんど期待できないが、敵の注意を引くにはじゅうぶんだ。ニックはトリガーを引いて、敵の対空機関砲に三〇ミリの仮想の砲弾を浴びせた。「ウィザード・スリー、機関砲発射《ガンズ、ガンズ、ガンズ》」無線で報告する。

すべて計画通りに行った場合、敵は餌《えさ》に食いついて砲口をニックの三番機に向け、みずから墓穴を掘ることになる。ニックから一八〇度の位置、射程範囲の反対側から一番機が敵の裏をかいて直進、マーヴェリック・ミサイルで敵をロックオンし、燃えさかる残骸《ざんがい》に変えるという段取りだからだ。

ニックは敵の射程外へと離脱し、ほかのA-10《ホッグ》を探した。オソは予定通りの位置、彼の真向かいにいて、マーヴェリックを発射し、仮想の対空機関砲をこの世から消そうとしているところだった。しかし、またもやニックはコリンズを見つけられなかった。

アイリッシュ・クロスは後半では前半よりもさらに危険度が増す。一番機がミサイルを撃つのと入れ替わりに、二番機、三番機そして四番機は、ターゲット・エリアを取り囲む形で低速旋回、十字の先端位置から順に円の内側に進入し、地上に残っているほかのターゲットを爆撃する。このような機動では——向かい合った進入方向から狭いエリアへの攻撃だ——空中での衝突は容易に起こりうる。

「ウィザード・ワン、ライフル」オソがマーヴェリック・ミサイルを模擬発射した。いまや敵は溶けた鉄塊と化している想定だ。

脅威を排除してオソが反転し、ニックも攻撃に移ろうとした。しかし、まだコリンズが見つからない。ニックはいらいらと首を横に振った。小隊僚機の位置を視認せずにターゲットへ向かうことはできなかった。するとようやくコリンズの機影が見えた。予定の位置からはるか北にいる。また遅れたのだ——それもかなりの遅れだ。二番機が出遅れたまま、三番機のニックが予定通りのタイミングで攻撃を実行すれば、激突する恐れがあった。

オソもその危険を見て取った。「ウィザード・ツー、攻撃中断《ウィズホールド》、攻撃中断、攻撃中断！」無線で叫ぶ。「ただちに西へ機首を向け、集合地点まで私についてこい」

「ウィザード・ツ……ツー……攻撃を終えずに離脱《オフ・ドライ》」コリンズは言葉を詰まらせた。

ニックは新米のパイロットがA-10《ホッグ》を反転させ、作戦途中で離脱するのに目を凝らした。

コリンズは間違った方向へ機首を向けている。

「気をつけてください、ワン。ツーは東へ向かってる」任務中のコールらしい言い方ではなかったが、ニックは年下のパイロットが連発するミスにうんざりしていた。まあいいさ、と自分に言い聞かせる。こっちの進路を妨げさえしなければ。

ニックは自機をターゲットへと傾け、再度システムを確認した。HUDの中央には爆撃照準器《ボムサイト》が表示されている。これは棒付きキャンディーを逆さにしたようなマークで、キャンディー部分、照準《ピパー》と呼ばれる円の真ん中に小点《ドット》がある。死の小点《デス・ドット》として知られるその点は、発射ボタンを押したときに着弾する地点を表している。

ニックは最後の攻撃へ向けて旋回から進入へと移り、ブルーの屋根の建物がキャンディーの棒のてっぺんに来るよう、わずかに修整を加えた。ターゲットに接近するにつれて、ディスプレイに映る建物はキャンディーの棒に沿って下へとおり、やがてドットと重なった。

「捕まえたぞ《ガッチャ》」

発射ボタンを押して架空の爆弾を投下する。「ウィザード・スリー、攻撃を終えて離脱《オフ・ホット》」無線で告げ、ニックは首をめぐらせてバグの位置を確認した。いい位置だ。バグは心配ない。

「ウィザード・フォー、オフ・ホット」ちょうど一分後にバグが報告した。

ニックは鼻を鳴らして苦笑いした。少なくとも小隊の半分は任務を達成することができたな。そのとき、無線機から思いがけないコールが聞こえた。

「ウィザード・ツーへ、現在位置を報告しろ」

オソの声だ。コリンズからの応答はない。

それが意味することをニックは瞬時に頭の中で整理し、自分が取るべき行動を選択した。オソは二番機の姿を見失った。そしてコリンズの位置を確認しようとしているが、相手は無線に応じない。

まずいな。

僚機が位置不明で、応答もなし。その原因は無線の故障から、パイロットの死傷までありえた。編隊長がこの事態に対処している最中に、攻撃区域に二機もいては、混乱が増すばかりだとニックは結論した。オソがコリンズを発見するまで、自分は四番機のバグとともに尾根の向こう側へ退避する必要がある。

攻撃を終えたバグはニックの西側、集合地点よりにいるが、すでにニックのうしろにつこうと引き返しはじめていた。「ウィザード・フォー、向きを戻せ」ニックは指示した。「そのまま X《エックスレイ》 地点へ向かうんだ。自分もあとを追う」

「フォー――」

無線機からふたたびザザッと音がした。「編隊長《リード》へ、ウィザード・ツーはウィザード・ワンを視認。自分は真後《シックス》ろにいます」コリンズだ。今度は自信ありげな声だった。

ニックはほっと短いため息をついた。問題解決だ。コリンズが一番機を見つけてそのうしろについたということは、ここからずっと北側にいる。

これで衝突の危機はなくなったと、ニックはバグに意識を集中させた。彼の僚機はちょうど尾根を越えようとしているところだった。バグが山際に近づいたら、見失わないよう気を付けなくては。

不意にニックの視界の隅に、灰色のものが飛び込んできた。首をめぐらせると、別のA－10の横腹が見える。それは左側のキャノピーをほぼ埋め尽くし、急速に大きくなっていった。

7

「全機《ウィザーズ》に告ぐ、上昇《クライム》せよ！　上昇せよ！」ニックは無線に怒鳴りつける一方で自分は操縦桿を勢いよく押し込み、機首を地上へと向けた。前面のコントロール・パネルに埋めるように操縦桿を押すと、加速度計の針がマイナス側に振り切れるのが見えた。ボードに留めていなかった空図《チャート》がキャノピーの天井にばさばさと飛ぶ。続いて左へ急旋回してアンテナ塔を避けると、チャートは床へと叩きつけられた。加速度計の針は逆方向に振れ、６Ｇを示した。高度一〇〇フィートでようやく水平飛行に戻ったニックは、さっき目撃したＡ－10攻撃機を探し、いま一体何が起きたのかを理解しようとした。頭にのぼった血が耳に響く中で、バグの声が聞こえた。

「全機へ、訓練を中止しろ《ノック・イット・オフ》！」非常事態による訓練の中断をバグは宣言した。

「こちらウィザード一番機《ワン》、ノック・イット・オフ」オソが点呼を開始する。

緊迫した沈黙が落ちた。ニックは続いて二番機が中止を宣言するのを待ったが、コリンズの応答はない。

「こちらウィザード三番機《スリー》、ノック・イット・オフ」鼓動を静めてニックは告げた。

慎重に上昇を開始し、高度五〇〇フィートへと戻る。

「こちらウィザード四番機《フォー》、ノック・イット・オフ」最後にバグが言った。その声に滲む恐怖は聞き間違えようがなかった。

優秀な編隊長《フライト・リーダー》の誰もがそうするように、オソはすぐさま点呼を繰り返した。「全機へ告ぐ、訓練を中止する。ウィザード・ワン、ノック・イット・オフ」

沈黙……。

「ウィザード・スリー、ノック・イット・オフ」

「ウィザード・フォー、ノック・イット・オフ」

「訓練中止を宣言した理由を説明してもらおう、フォー」オソがうながした。その声には焦りよりも恐怖の色が濃い。

「ベヒンゲンの南西一マイルほどのところで黒煙をともなう大きな火があがりました」バグが説明する。「あれはウィザード・ツーかもしれない」

オソはバグの説明に直接応える代わりに、次の指示を大声で出した。「ウィザード・スリーとフォーは高度五〇〇〇まで上昇し、Y《ヤンキー》地点に集合しろ。私はすでにその位置につき、高度六〇〇〇に上昇中だ」

「フォー、現在位置を言ってくれ」ニックはうながした。自分の僚機を視認するまで上昇したくなかった。

「そっちの真後《シックス》ろから一マイルのところだ、スリー」バグが返す。

ニックはバグのほうへと機首をめぐらせた。向きを変える途中、町の外にある茶色い畑から立ちのぼる黒煙が目に留まった。さっきほかのA－10が彼にぶつかりかけたところからさほど遠くない。ニックは目をそらし、それが意味することを考えるのを拒絶した。バグを見つけてゆっくり上昇をはじめながら、僚機が密集隊形を組めるよう旋回を続ける。

二周目でニックはふたたび残骸へと目を向けた。高度があがると視界が開け、黒煙と炎の中にA－10のノーズ部分がはっきりと見えた。キャノピーのパーツは機体についたままのようだ。ニックはその情報を頭の中に記録する一方で、そこから導きだされる結論については考えないようにし、自分の編隊《エレメント》をオソと合流させることに意識を集中させた。北方を見ると、オソのA－10がY地点の上空、高度六〇〇〇フィートのところを旋回している。「ウィザード・ワンへ、こちらスリー。そちらから四時の方向、高度五〇〇〇にいます」

「視認した、ウィザード・スリー。僚機とともにヤンキーにとどまり、SAR－α《アルファ》を入れろ。私は南へ進んで残骸を見てくる」

「了解《ウィルコ》です。これより交信相手を切り替える《ブレイクブレイク》……。ウィザード・フォー、SAR-αを入れてくれ」ニックは言った。SAR-αというのはSAR《捜索救難》用周波数で、機体から緊急脱出した際に使う非常用無線機にあらかじめ登録されている。コリンズが脱出していれば、その周波数で救助を待っているはずだ。ニックは無線を切り替え、オソの点呼を待った。

「ウィザード小隊、点呼《チェック》開始」

ニックはコリンズが応答するのを待ったが、空電雑音が聞こえるだけだ。「スリー」彼は冷静さを保って告げた。

「フォー」バグが点呼を終了する。

「ウィザード・ツーへ、こちらはウィザード・ワン、SAR-αで交信している。応答せよ」

やはり雑音しかしない。

ニックは炎に包まれたコクピットの光景を脳裏に呼び起こした。「ワンへ、こちらはスリーです」

「続けろ、スリー」オソの声は疲れていた。

「残骸の中にキャノピーが見えました。機体に固定されたままでした」ニックは言葉を切り、声を落ち着かせてから続けた。「コリンズは機内にいたものと思われます」

オソはその情報を無視してもう一度試した。「ウィザード・ツー、こちらはウィザード・ワン、ＳＡＲ－αで交信中。応答せよ」

沈黙。

「ウィザード・ワン、聞こえてますか？　彼は機内に残ったままだったんです」

「聞こえているとも、スリー」オソがかみつくように言う。彼はさらにコールを繰り返した。「ウィザード・ツーへ、こちらはウィザード・ワン、ＳＡＲ－αで交信中。応答しろ」

彼のコールに応えるのはうつろな雑音だけだ。オソはついに現実を認めた。彼は消防班をよこすよう、近くの基地に連絡した。ベヒンゲンのボランティア消防隊《フライヴィリガ・フォヤヴェア》には、燃えさかるジェット燃料に対処できる消防道具はないとわかっていた。

オソの要請で、ニックは無線機をふたたび地上にいるジョーの周波数に戻して現場の位置を伝えた。ジョーはすでに煙に導かれて移動している最中だった。「気をつけてくれ」ニックは注意をうながした。「機関砲は使用していないが、機体を安定させるために砲弾が装塡《そうてん》されていた。いつ引火するかわからない。近づくのは双眼鏡で見えるところまでにして、生存者を探してくれ」まだ若い少尉を事故現場に行かせるのは危険だとわかっていたが、地上にいる隊員の中ではジョーは最も現場の近くにいた。

墜落現場のはるか上空を旋回しながら、オソはラムシュタイン空軍基地の緊急対応チーム本部と調整し、そのあいだニックはヘリコプターを事故現場へと誘導した。三機のA-10《ホッグ》はバグの燃料が帰投限界量《ビンゴ》に達するまで現場上空にとどまった。帰投のため北西に機首を向けると、オソはジョーに墜落した機体には近づかずに、緊急対応チームの地上要員が到着したらあとは任せるようにと指示した。

ニックはバグを引き連れてオソと編隊を組み、三機は基地に向け北西へ進んだ。ニックがオソの左、バグは右と、四機目が欠けたフィンガーチップ隊形で飛行する。眼下ではゆるやかに蛇行するモーゼル川が基地の方向へと這っていく。パイロットたちは超低空で川をなぞるのに慣れていたが、この任務でこれ以上危険を冒す余裕はなかった。オソは安全かつ快適な高度五〇〇〇フィートに編隊を維持した。

ニックはふと気づいた。この高さでドイツのモーゼル渓谷を眺めるのはこれがはじめてだ。まれにA-10で高度五〇〇〇フィートを越えることがあっても、それは二万五〇〇〇の高さまで上昇する途中のことで、たいていは中層雲が地面を隠してしまう。だがいまは雲ひとつなく、上空からの眺めに彼は息をのんだ。ブドウ園から立ちのぼる靄《もや》が褪《あ》せゆく夕陽を反射し、丘の斜面を黄金色と鳶色《とびいろ》の薄膜で覆っている。渓谷は古びた写真を思わせた。かつては色彩に溢れて鮮やかだった景観が、年を経《へ》て色褪せたかのようだ。不幸な思い出は、こんなふうに見えるものなのだろうか。

地上に戻ると、移動用車両の前に飛行隊隊長の姿があった。オソが口を開きかけるのを隊長は黙らせた。「誰もひと言も発するな。航空安全調査委員会への報告が先で、それまで私に話をすることはできないと規則に明記されている。しかし、私からきみたちにしゃべりかけてはならんとは書かれていない」

レッドアイは腕を組み、三人の前を行ったり来たりした。「これからきみたちは一連の取り調べを受けることになる。その内容については、実際にはじまるまで考えないほうが賢明だろう。訓練飛行中に何が起きたのかは知らなくとも、私はいま自分の前に立つ男たちのことを知っている。きみたちの技能、軍人としての意識の高さ、そして人柄を私は知っている。よって、きみたちが何ごともなく取り調べを終えることを私は確信している」三人の真ん中で立ち止まり、それぞれの顔に視線を走らせる。

「諸君、戦闘機パイロットの価値はドッグファイトと射爆場において発揮される……だが士官の価値はこのようなときにわかるものだ」

そして、それははじまった。血液検査、尿検査、ひとりずつとグループでの事情聴取――航空安全調査官たちはウィザード小隊《フライト》を徹底的に絞りあげた。彼らは単に自分たちの仕事をしているだけだ。それはわかっていたが、ニックには事故調査の全手続きが自分への弾劾のように思えた。発言ひとつで胸から翼をもぎ取られてしまいそうだった。

ニックは何度も説明した。方向感覚を失ったコリンズはバグの機体をオソだと取り違え、四番機の背後に並ぼうとし、すでにそこにいたニックの三番機に接触しかけたこと。そのため自分は急降下してそれを回避し、同時に相手に上昇するよう命じたこと。調査官たちは毎回相づちを打ち、それが新たな情報であるかのように書き留めた。しまいにニックは疲れ果て、しゃべる気力も失った。

終わりがないかに思えた試練のあと、上級調査官はニックを釈放して帰宅させた。そこで彼はさらなる質問攻めに遭った。妻のケイティは数秒間ニックを抱きしめると、感情をわっと爆発させて彼を叩き、どうして基地から電話してくれなかったのよと叫んだ――事故に遭ったのはあなただったんじゃないかと、ずっと不安だったんだからと。

そうやって、愛する者に憤りをぶつけられる家族は幸せだ。

数時間後、怒りと喜びの涙を流すケイティから遠く離れたアトランタの閑静な郊外で、グレゴリー・コリンズとバーバラ・コリンズの家の前の私道にブルーのセダンが停車した。帽子を手に持った男がふたり、車から降りた。ひとりの軍服の肩には星が並び、もうひとりの左胸には十字の印がついていた。

8

大西洋上
二〇〇一年一〇月七日

「ターゲットまで一二時間、海上上空《フィート・ウエット》に到達まで三〇分。兵装は万全、システムが示す高度は安定、燃料残量の表示は予定通り」

ドレイクは競馬場のアナウンスのように早口で言った。緊張しているどころではなかった。彼とマーフはゴースト・ワン・ワンというコールサインのもと、〝スピリット・オブ・テキサス〟を航行中で、もうじきアメリカの領空を出るところだ。〈不朽の自由《エンデュアリング・フリーダム》〉作戦の初日の夜《ナイト・ワン》、ふたりはアフガニスタンへと向かっていた。

「肩の力を抜け」マーフが言った。「うまくいくって。おれが約束する」

すべてのB－2ステルス爆撃機パイロットと同様に、ドレイクはこの機体のステルス性を最大限に引きだす訓練を受けていた。ステルス技術の基礎は知っているし、機体構成や性能も学んでいる。それでも、敵から見えなくするには、多少の魔法が必要なんじゃないかと、心のどこかで思わずにいられなかった。

マーフは操縦席によりかかって背伸びをした。「おまえさんが落ち着けるよう、ひとつ話をしてやろう。おれはコソボ紛争の〈同盟の力〉《アライド・フォース》作戦でも第一夜《ファースト・ナイト》に出撃した。B－2ステルス機が実戦に投入されたのはあれが正真正銘はじめてで、敵から見えないってのは嘘じゃないかと全員がひやひやしてたもんだ。戦闘空域に入ると、対空砲《トリプルA》がそこら中で光ってた。ときおり地対空ミサイルが炎と煙の尾を引いて空に打ちあがるのは言うまでもない。砲弾やミサイルがアルミ合金のジェット機を狙ってるのか、それともおれたちに向けられたものなのかはわかりようがなかった。それでもおれたちは目立たないようにして前進した。

あと数分でターゲットに到着するってときに、早期警戒管制機《AWACS》がMiG《ミグ》－29戦闘機、フルクラムの位置を知らせてきた。戦闘機はおれたちがいる場所にどんどん接近していて、おれともうひとりのパイロットは、掩護《えんご》を呼ぶべきじゃないか、でもそうするとB－2がいるのを敵にばらすことになるぞって、言い合った。でも、おれたちが何かするよりも先に、F－15《イーグル》がミグと交戦《エンゲージ》し、二機はしばらく絡みあい、その後F－15が敵を撃墜した。

そのドッグファイトはおれたちの機体のほぼ真下で繰り広げられた。あんまり近くて、イーグルのサイドワインダーが敵に命中したとき、飛び散った炎でこっちの外板が焦げるんじゃないかって思ったほどだ。脅威が排除され、おれたちはターゲットまで進んで爆弾を投下した。そして翌日おれは目を覚まし、自宅で庭の芝刈りをした。ずっと家にいたかのようにな。

戦争後、作戦の結果報告会《デブリーフィング》にそのF－15のパイロットにも来てもらった。ところが彼は自分の所属部隊から引っ張りだされたことにやたらと腹を立てていて、ブリーフィング・ルームに入りもしないうちに誰彼かまわず文句を言いだした。おれたちはやっとのことでそのパイロットを部屋に入れて黙らせたんだ」

マーフは笑い声をあげた。「ステルスを守ってくれたことを感謝したいっておれたちが言ったときのパイロットの顔ときたら、傑作だったよ。彼は何ひとつ気づいてなかったんだ。B－2じゃなく、自分の戦闘機を守ろうとしてたんだそうだ。あのときミグはF－15を捕捉《ロックオン》していたんだ。どっちのパイロットもおれたちがあの場にいたことは気づいてもいなかったってわけだ」

マーフは頭のうしろで両手を組んだ。「言っただろう、必ずうまくいく。約束するよ」彼はあくびをかみ殺した。「操縦は任せたぞ、相棒《バド》。おれは仮眠の時間だ」

数時間後、マーフが前面のコンソールに拳を叩きつけ、ドレイクはびくりと身をすくめた。静けさを絵に描いたようだった機内の雰囲気が一変する。「どこにいるんだ？」年長のパイロットはコクピット窓の外に広がる闇に向かって怒鳴った。「それはわからないが、早く来てくれないと、こっちは引き返さなきゃならなくなる」B－2ステルス爆撃機はまだターゲットへと向かう途上にあった。最後の給油地点には二〇分前に到着しているが、空中給油機《タンカー》の姿はいまだに見えない。このままではじきに帰投せざるをえなくなる。燃料はここから基地までかろうじて帰れるほどしか残っておらず、任務を遂行してからの帰投はとうてい無理だ。

暗号化機能のついた無線機が不意に声を発した。「ゴースト・ワン・ワンへ、こちらはエクソン・セヴン・ワン。聞こえますか？」

「明瞭に聞こえてるぞ、エクソン」マーフの応答は冷ややかだ。この暗号化された無線では、音声信号にスクランブルをかけて送信し、受信後にスクランブルを解かれたものが相手に聞こえるわけだが、それでもマーフの声の刺々《とげとげ》しさははっきり伝わったことだろう。

「遅くなってすまない」給油機のクルーが謝った。「地上でエンジントラブルに見舞われた。遅れた分を取り戻そうと急いだが、あいにく向かい風で時間がかかってしまった」

「すべて了解した《コピー・オール》」マーフの声は心持ちやわらいだ。「こちらはＩＰ《イニシャル・ポイント》から東に一〇マイル、西に向かっている」

「了解《ラジャー》、ゴースト。そちらのビーコンをとらえた。東に引き返しはじめてくれ、そうすればわれわれの真下に重なるはずだ」

ドレイクは前にあるパネル上でブルーに光る燃料計の表示を見つめた。「待っているあいだにかなりの燃料を消費した」無線に向かって告げる。「そっちにある分を全部もらわなきゃならないようです」

「それで問題ない、ゴースト。客はきみたちだけだ。必要なだけ持っていってくれ」

ドレイクはマーフに顔を向けて自分の腕時計を指差し、時間は大丈夫かと目顔で尋ねた。

「ああ、わかってる」マーフが返した。「遅刻しそうだな」

9

「ターゲットまでの距離は六五マイル、方位三五度。武器は使用可能《アクティヴ》で、調整済み《アラインド》。第一ターゲットには統合直接攻撃弾《JDAM》四発が必要、すべてバージョン・ワン（二〇〇〇ポンド爆弾）です」

「了解《コピー》」マーフが応じる。「レーダーは逆探知防止機能作動中《アームド》、第一回地上マッピング《マップワン》の準備完了」

　マーフとドレイクには主要ターゲットが三つあった。ふたつは最小限の防衛しかされていない掩蔽壕《バンカー》だが、一番目は地対空ミサイル《SAM》基地だ。この基地を破壊して、続く本隊が安全に通れる道を作るのがふたりの任務だった。

　給油の時刻が予定より三〇分ずれ、ふたりはその後速度をあげて目標地点には五分遅れで到着した。だが、この五分が任務の成功を左右しかねなかった。この基地への攻撃では、機上からGPS座標データを四つ取得せねばならず、到着が遅れたために、B‐2ステルス爆撃機は奇襲という肝心の要素を失った。予定では、巡航ミサイルが戦略目標を攻撃するのと同時に基地への攻撃が行われるはずだった。巡航ミサイルが着弾した途端、敵の対空砲と地対空ミサイルが飛び交いはじめる。

マーフはすべての攻撃の時間を数分ずらすよう前線航空管制官を説得しようとしたが、相手に峻拒《しゅんきょ》された。代わりに、管制官は彼らにこの作戦からおりる機会を与えた。しかし、この基地が手つかずとなれば後続の機体は危険にさらされる。マーフとドレイクはみずから作戦続行を申し出た。

「現在、ターゲットまでの距離は五〇マイル、方位五〇度。着弾点の表示は四箇所ともすべて命中可能《アチーバブル》」ドレイクはボタンを押して、最初のレーダー写真を撮影した。敵からは検知できない細い電波が、B-2ステルス機のアンテナから照射され、ターゲットを捕捉し、航行を続ける機体から目的地点の観測を繰り返す。そこから得た膨大なデータをコンピュータが処理して画像を合成する。

B-2の合成開口レーダーでは、搭載している小さなアンテナがまるで数マイルも幅があるかのように高解像度の画像が得られる。レーダーがマーフのディスプレイに作りだした画像は写真並の鮮明さだ。

マーフがターゲットを調べるかたわらで、コンピュータは着弾点を予測し、画面に小さな十字を四つ表示した。その表示が事前に渡されている写真と一致すれば攻撃可能となる。あいにく、SAMシステムは発射機装備車やレーダー搭載車とさまざまな機能を持つ車両から成っており、それぞれが頻繁に移動する。どれかひとつでも動いていたら、マーフはレーダーがとらえた地図でそれを見つけてマークし、ふたたびレーダーを照射してコンピュータに再計算させなければならない。このGPS援用照準法はパイロットからはGATと呼ばれ、静けさとおだやかさに満ちた空でならうまく機能するが、対空砲を避けながらとなるとはるかに難しくなる。

マーフは画面を見て渋い顔をした。「レーダー車両がいなくなってるな。遠くには行ってないはずだが……待てよ、いたぞ……いまマークする……オーケー、二度目のGATを準備してくれ」

「ターゲットまで三五マイル、方位六〇度。これから……」ドレイクの声がとぎれる。不意に地上で次々と爆発があがり、凝視するその目に畏怖《いふ》の念が満ちた。「巡航ミサイルの攻撃開始だ。これで敵も反撃してくるぞ」

その言葉を裏付けるかのように、夜空は曳光弾《えいこうだん》と対空砲火に照らされ、ドレイクは〈砂漠の嵐《デザート・ストーム》〉作戦時にテレビで見た映像を思い出した。

「二度目のGATを開始」マーフが告げた。パートナーが彼の注意を任務に引き戻そうとしているのはわかったが、ドレイクの目はコクピットの外で花火のように夜空に筋を引く光にまだ釘付《くぎづ》けだ。そのとき、自分たちのターゲットがいる場所がまぶしく輝いた。一瞬、ドレイクは巡航ミサイルが彼らより先にSAM基地を爆破したのかと考えた。だが、ほかの場所は炸裂《さくれつ》したあとは薄暗くなったのに、その光は消えず、しかも移動している。

「SAMを発射してるんだ！」ドレイクは言った。「われわれが攻撃しようとしている場所から発射されてる！」

「落ち着け……」マーフがなだめる。「あっちにはこの機体は見えてない。巡航ミサイルに反撃しようと、でたらめに撃ってるにすぎないんだ。まあ、まぐれで当たらないよう祈ろう。二度目のマッピングも成功だ。コンピュータが新たな位置情報をJDAMに転送してる」

ドレイクはディスプレイに視線を戻し、自分の任務を再開した。「オーケー、着弾点の表示はすべて命中可能《アチーバブル》です。投下まで残り三分」

鉛と火炎で濃密な夜空を航行し、ターゲットへと接近するその三分間は三時間のように感じられた。幸い、曳光弾やミサイルはどれも狙いを定めたものではなく、単に天に向かって発射されているらしい。

地上にいる者にとって、B‐2ステルス爆撃機は夜空を過ぎゆく死の影にすぎないのだと、ドレイクは自分に言い聞かせた。高高度では、左右の主翼に埋め込まれている四基のエンジンが立てる音も敵には聞こえない。濃灰色の機体は、月のない夜空をよぎる真っ黒な真空でしかなかった。

もっとも、それはB－2が爆弾投下のために爆弾倉を開けるまでのことだ。その一瞬、機体は腹をさらけ出す。ドレイクはこれまで学んだ知識からSAMのオペレーターに撃墜されるほどの露出ではないと理解していたが、それでも露出は露出だ。

「スリー、ツー、ワン、爆弾投下《ウエポンズ・アウエイ》」ドレイクは告げた。爆弾倉の扉が外へと開き、無意識に息を詰める。永遠とも思えるあいだ、彼は兵装画面を凝視し、回転式発射機《ロータリー・ランチャー》がそれぞれの爆弾を投下位置へと移動させて夜空へと落とすのを見つめた。ようやく扉が閉まり、マーフは次のターゲットへと向かった。敵のレーダーにB－2が捕捉された形跡は何ひとつない。

「爆弾は四発とも無事に投下」そう報告すると、ドレイクは息が楽になるのを感じた。数秒後にはSAM基地はこの世から消え、タリバンの防衛網に新たな穴が開く。

「衛星通信で報告だ。ダラス・スリーを排除。I－45が開業したと送信してくれ」

ターゲットのSAM基地が破壊され、ステルス性能のない航空機が通れるようになったことを管制官に知らせる暗号《コード》を使ってマーフが指示する。攻撃隊のために切り拓《ひら》いたばかりの進入ルートには、テキサス州を走る州間高速道路《インターステート》の名前が付けられた。

ドレイクは指示されたとおりにし、そのあと照準用ディスプレイに向きなおった。

「五〇〇〇ポンドGPS援用誘導弾《GAM》、すべて投下位置につき、調整済み《アラインド》。第一ターゲットの掩蔽壕《バンカー》までの距離は四三マイル、着弾点の表示はどちらも命中可能《アチーバブル》」彼はそう告げて、マーフに目をやった。「あいつ《ユー・ノー・フー》が寝てるところをとらえられると思いますか？」

「かもな」マーフが返す。「可能性はあるさ」

ドレイクは回転式発射機《ロータリー・ランチャー》に装着された爆弾の位置を確認し、巨大な五〇〇〇ポンド爆弾が爆弾倉の扉の上に吊りさがっているさまを目に浮かべた。誘導にGPSを使用するこの爆弾はユニークな形をしていた（B－2専用に作られたGBU－37を指す。二〇〇一年頃までは使用されていた模様だが、その後廃棄されたと推測されている）。古い二〇三ミリ榴弾砲《りゅうだんほう》の砲身を使い、爆薬を詰めなおして急ごしらえされたのだが、榴弾砲の弾体は落下中の空気の流れを考慮したものではなかった。そのため、これを開発したノースロップ・グラマン社は、この爆弾に八〇年代のスポーツカーがつけていたような〝ブラ〟（車のフロントまわり用の保護カバー。ノーズブラ、ステルス・ブラと呼ばれる）をつけさせた。五〇〇〇ポンド爆弾が、革製の小さなブラを砲身にぎゅっと巻かれてテンション・クリップで留められ、先端からノーズコーンをのぞかせるさまは、さながらプードル用のセーターを着せられた大型犬のグレート・デーンだ。

ドレイクは暗い笑いを浮かべ、ディスプレイ上で次のターゲットが近づくのを見つめた。自分とは違い、タリバンはこの爆弾を見ても笑わないだろう。「どちらも発射機《ランチャー》は兵装搭載ステーション八番を使用、そしてその次のターゲットには六番に変更する」マーフに告げる。「〝配達路《デリバリー・コリドー》〟から目を離さないでくださいよ。許容されるずれ幅は大きくないんだから、また投下しなおすのはごめんでしょう」

「心配するな」マーフが返す。「ちゃんとうまく並べるさ。見事バスケットにほうり込んでやるよ」

マーフはディスプレイに表示された〝配達路〟（ステアリングラインと呼ばれる投下線）へと巨大な爆撃機を手際よく導いた。GPSで誘導されるとはいえ、機体をターゲット上に並べ、適切なタイミングで爆弾を投下する必要はある。誘導されようがされまいが、GAMはただの自由落下爆弾で、ロケットエンジンはついていない。正確な角度と距離で投下しなければ、世界中のGPSが誘導しようと掩蔽壕に届かないのだ。〝バスケット〟とは、誘導爆弾をほうり込まなければならない狭い空域だ。巨大な弾体とテール部分につけられた小さな操縦装置に対して、GAMのバスケットは極小だった。

「一〇秒前、問題なし《セーフ》、投下範囲内《イン・レンジ》」ドレイクはマーフが気流を考慮して、〝配達路〟の北側へ機体をずらすのを見守った。「着弾点の表示はすべて命中可能……投下に入ります、スリー、ツー、ワン……」機体が揺れて左右のランチャーから巨大な爆弾が自動で投下され、爆撃機の重量が一瞬で一万ポンド（約四・五トン）減る。「爆弾投下《ウエポンズ・アウエイ》」ドレイクは続けた。「次の操作を開始できます。次のターゲットまであと三〇秒」

すぐに新たなターゲットが表示され、最初の二発がまだ着弾もしないうちに、次のふたつの爆弾は二番目の掩蔽壕へと落下した。この区域は対空砲が飛び交い大混乱に陥っている第一ターゲット周辺から離れており、まだしんとしていた。地上も上空も静かな闇に包まれたままだ。それもあと数秒で終わる。

10

ワシントンDC
二〇〇二年一月一一日

空軍大尉のぱりっとした制服に身を包んだ、茶色い髪の痩《や》せた男は、散らかったデスクにブリーフケースを叩きつけると、コンピュータの電源を入れて、椅子にどさりと腰を落とした。「一日中メールに目を通して書類整理。わくわくする一日のはじまりだ」ぶつぶつとぼやいて、鼻にのった縁なしの丸眼鏡をくいと押しあげる。つくづく、この仕事ははずれだった。期待していたものとはまるで違う。

ダニー・シャープは国防総省《ペンタゴン》の戦闘計画部にある狭苦しいオフィスに座っていた。まわりのオフィスには陸軍、海軍、それに海兵隊から同様に転属されてきた士官たちが座っており、その全員が同様に憤懣《ふんまん》を抱えていた。一日中やたらと忙しいのに、四人全員が仕事にすっかり飽きているのだから話にもならない。仕事が簡単すぎるわけではない。ダニーはここへ来てようやく一週間になるところだが、指揮系統の上から下へ、下から上へと流れる書類を、すでに熱帯雨林がひとつ消えるほど処理している。ただ、それだけやっても、達成感が何ひとつないのだった。

　こんなはずじゃなかった。クリスマス明けにやってきたばかりのとき、ダニーはやる気満々で、重要な仕事がたくさんあるものと張り切っていた。なにせペンタゴンの建物にはまだ大きな穴が開き、〈不朽の自由《エンデュアリング・フリーダム》〉作戦は進行中だ。あいにく、この戦闘の指揮はとうの昔に中央軍《CENTCOM》に移っているのを彼は発見した。ペンタゴンでの重要な仕事は終わったのだ。

　ダニーが配属された部はすでに従来の相も変わらない業務に戻り、ペンタゴンの棚に何十年も保管されている、埃《ほこり》の積もった戦争計画書の改訂と管理を再開していた。何より悔しいのは、この仕事に就くために戦闘部隊での情報士官というポストを離れたことだ。彼が出るのと入れ替わりに、F－117Aステルス戦闘機を配備された第九戦闘飛行隊は——彼が所属していた部隊だ——この戦争の支援に極秘の場所へ派遣されていた。

　あのまま残っていれば、いま頃は前進基地にいて、敵は目と鼻の先だったかもしれない。ところがこっちは地下のオフィスに閉じ込められ、一日で一番の楽しみはランチときた。その時間にはカフェテリアに座り、航空機が壁に激突したあの日の恐怖と、職員たちの勇敢な行為の話に耳を傾けられる。

　マイクロソフト・アウトルックがビープ音を立て、メールの着信を知らせた。ダニーの新しいボス、ウォーカー大佐が、執務室へ来るよう求めている。何か助言がほしいらしい。

　変だな。リチャード・T・ウォーカー米国陸軍大佐――彼の運転免許証にはきっとそう記されているんだろう――には、誰かの助言を必要とする男という印象はない。ましてや陸軍大佐が空軍大尉に意見を求めるとは思えなかった。用件がなんであれ、待たせないほうがよさそうだ。

「ご用でしょうか、サー」それから一分も経たずにダニーはそう尋ねていた。

　ウォーカーはデスクの上に置かれた書類をにらみつけ、角張った顎をペンで叩いた。

「ふうむ」視線をあげずに返す。「椅子にかけろ、シャープ。楽にしてくれ」ふつうの声音でしゃべっているときでさえ大佐の声は号令のように聞こえ、ダニーはすぐさま椅子に腰掛けた。もっとも、楽にするのは命令されても無理だ。

　それはずいぶんと低い椅子で、座ると相手のデスクの上にようやく顔が出るぐらいだ。自分が縮んだように感じるが、おそらくわざとなのだろう。卓上にはウォーカーの書類に加えて、別の紙が一枚、こちら向きに置かれていた。

ウォーカーはペンで顎を叩くのをつかの間中断して余白に何か書き込み、それから視線をあげた。「前にある書面を読んでサインしろ。ペンは持っているな？」

「持ってます、サー」ダニーは体をこわばらせた。悪夢ではいつもここで、バービー人形のイラスト入りの、娘のピンクのペンが出てくるのだ。だが、ポケットから出てきたのはロッキード・マーティン社のロゴ入りの黒ペンで、彼はほっとした。デスクへと前のめりになると、椅子のキャスターが滑って甲高くきしみ、顎を叩いていた大佐のペンがぴたりと止まった。ダニーはすくみあがったが、動きはまたすぐに再開した。

デスクに置かれている書面は機密保持契約書で、ダニーはこれまでにも何度か同じような書類に署名をしたことがあった。文面はおなじみのやつだ。〝私は以下の○○に関する機密情報について、漏洩および開示することはないと、うんぬんかんぬん……違反には刑事罰をもって、うんぬんかんぬん……死の痛みをもってしても、うんぬんかんぬん……神にかけて誓います〟だが、書面の一番上に記された計画の名前には彼も興味を引かれた。ケルベロス。三つの頭を持ち、地獄の門を守る犬の名。プロジェクトなどの名称は、内容とは無関係にランダムに選ばれることもあるが、これは違うと何かがダニーに告げていた。

「さっさと目を通すんだ、シャープ。私は三〇分後に会議がある」

「イエッサー」ダニーは書面にサインし、ペンをポケットに戻した。

ウォーカー大佐が顔をあげた。刈りたてに見えるクルーカットの下で、大佐の眉間《みけん》にはしわが刻まれている。ダニーは縮みあがりそうになるのをこらえた。しかめっ面は大佐のふだんの顔だ。ここに配転されてから、大佐が顔をしかめていないところを見たことがなかった。気まずい間のあと、ウォーカー大佐はダニーの顔の前で人差し指と中指を立てて十字を切り、祝福を授けるまねをした。

「これできみはケルベロスの仲間入りをした、シャープ大尉。このプロジェクトは三つの頭の犬と同様に厄介なやつだ。セキュリティ・クリアランス（機密情報にアクセスする権限で、各米政府機関から発行される。与えられた権限のレベルに応じて、アクセスできる情報の重要度が変わる）に関する手続きはすべて済ませてある」

大佐はデスクの引き出しから小さなメモ帳を取りだし、そこに二行走り書きした。メモを切り離してダニーに手渡す。「受け取れ。暗記してから焼却しろ」

指が触れるとすぐに奇妙な手触りがした。脂が塗ってあるような感触だ。フラッシュペーパーか。火をつけると一瞬で灰になるその紙は、旧戦略航空軍団《SAC》の時代には使われていたと聞いているが、実際に遭遇したことはなかった。ステルスに関わっていたときでさえだ。最近ではシュレッダーが普及し、火気をともなうフラッシュペーパーは無用な危険となった。ダニーはメモに記された謎の文字を凝視した。「これはなんですか？」

「一列目は六文字のキーワードだ。それでLockup《ロックアップ》（Digilock社製のロッカー）が開く。二列目はロッカーの位置を示している――W14E《ウイスキー・ワン・フォー・エコー》。中に入っているファイルに、きみに取りかかってもらうプロジェクトの詳細がすべてまとめてある」

ウォーカーは胸の前で両手を組んだ。「その前にかいつまんで説明しよう。このプロジェクトは大統領《POTUS》の就任直後に、その命令により立ちあげられたものだ。彼はとある好ましくない反対勢力の指導者を排除できる選択肢《オプション》を求めている。付帯的被害《コラテラル・ダメージ》を最小限に抑えてだ。念のために言っておくが、〝好ましくない反対勢力の指導者〟とはディック・ゲッパート（二〇〇二年当時の民主党下院院内総務）ではない」

ダニーはにやりとゆるんだ顔をすぐさま引き締めた。真顔を保てない自分が呪わしい。

「昨年はじめから、われわれはとある選択肢を推し進めているが、よい結果が出せずにいる。当時はターゲット・スリーが最重要視されていたため、われわれの計画に合わせ、作戦はイラクで進められた。六カ月を費やして戦闘の場を用意したのち、二度の予行演習を行った。どちらも完全な失敗だ。ケルベロスは壁にぶつかっている、シャープ。われわれには新顔と新しいアイデアが必要だ」

大佐は太い前腕によりかかって身を乗りだし、ダニーの目を見据えた。「率直に言おう、シャープ。きみの経歴は何ひとつ注目に値しない。この仕事の候補者はほかに一〇人いる。全員きみと同様に適格な人材で、何名かはさらに優秀だ」

「部下にやる気を出させる方法をよくご存じですね、サー」ダニーは皮肉を返したが、口を開いたことを瞬時に後悔した。

大佐のしかめっ面がさらに険しくなる。「口をはさむな。きみにはステルス機のにおいがしみついている、それがきみがここにいる理由だ。きみが私の探し求めている新顔なら、その頭の中のどこかに私の問題を解決する方法があるはずだ」大佐は片方の眉を吊りあげた。「では、その新しいアイデアを提出するように。大至急だ」

11

土曜日、ダニー・シャープは家族連れで、雪に覆われたワシントンDC中央の迷路を車で走り、国立アメリカ・インディアン博物館へと向かった。赤の他人が使用した品々を眺めて、だだっ広い建物の中をだらだら歩くのは昔から好きではないものの、妻のキャロルはナバホ族の血をたっぷり受け継いでおり、母国の歴史におけるネイティブ・アメリカンの役割を子どもたちに学んでもらいたがった。いまキャロルは助手席に座り、何かについて熱心に話している。だが、ダニーの耳には入ってこなかった。ケルベロスのことがどうしても頭から離れない。

仕事と私生活を切り替えられないのはダニーの悪い癖だ。〝思考のコンパートメント化〟と呼ばれるテクニックは知っている――感情や情報を頭の中で仕分けして、それぞれ心のファイリングキャビネットにしまうというものだ。知ってはいるが、うまく実践できたことは一度もなかった。パイロットたちは〝思考のコンパートメント化〟を使って不要な雑念を取り除き、飛行に集中する。ダニーと同じ情報分析官の場合、このテクニックを用いて機密をキャビネットの奥底にしまい込み、たとえ泥酔していても表に出てくることがないようにする。

あいにく、〝思考のコンパートメント化〟は練習により習得されるテクニックで、簡単にできるようになる者とそうでない者とに分かれる。自分が酒飲みでないのは幸運だったと、ダニーはずいぶん前に発見していた。

ケルベロスのことは少しのあいだ忘れるべきだとはわかっている。休みの日ぐらい、家族を優先すべきだと。しかし、ウォーカーから託された難問を解決することに、ダニーはすっかり取り憑かれていた。自分が解決策を見つけるまで、ケルベロスは死んだも同然だ。この課題を果たすまで、念頭から追い出すのは不可能だった。

「ねえ、それでいいでしょう、ダン？」キャロルに名前を呼ばれて彼ははっとわれに返った。

「あ、ああ、そうだね」ダニーは生返事をした。〝それ〟ってなんだ？　まあいいさ。そのうちわかるだろう。二、三週間後、夫婦喧嘩《げんか》の最中にかもしれないが。

近くの駐車場に車を預け、雪でぬかるんだ道を家族で博物館へと歩いた。冷え切った屋外から暖かい建物の中へと入りながら、ダニーは仕事絡みの心配事を忘れようとした。目の前にはネイティブ・アメリカンの暮らしを再現した一連の風景が展示されている。所々にある噴水からは水が流れ、おいしそうなにおいが漂っていた。においいをたどると、館内にある〈ミッセイタム・カフェ〉で、博物館の職員たちがネイティブ・アメリカンの料理法を実演している。ダニーは深呼吸した。ようやく仕事を忘れて、午後のひとときを家族と一緒に楽しめそうだ。

　展示物をいくつか見たあと、カフェで少し休憩し、三時を過ぎる頃にはダニーはきれいさっぱりケルベロスのことは忘れていた。休憩後、キャロルはナバホ族のアートが展示されているコーナーへ行きましょうよと提案した。ダニーは子どもたちと声を合わせて笑い、妻と肩をよせ、案内標識をたどって博物館の裏手へ向かった。そして最後の角を曲がったところで、目の前にあるものを見て雷に打たれたように立ち止まった。

　ナバホアート展示コーナーの入り口横に、大きなケースがあり、中には見事な作品が飾られていた。小枝をしならせて作った直径六〇センチほどの輪の中に、模様が紐で編み込まれ、蜘蛛《くも》の巣を思わせるその輪から、色とりどりのビーズを組み合わせたアースカラーの美しい羽根飾りがさがっている。作品の全長は一五〇センチはあるだろう。だが、ダニーを立ち止まらせたのは、その装飾品のサイズでも、美しさでもなかった。

「ドリーム・キャッチャー」彼は頭に浮かんだ言葉を口にした。

「どうしたのよ」キャロルがからかう。「まるではじめて見るみたいじゃない」

ダニーは返事をしなかった。

ドリーム・キャッチャー。そのあとは何を見てもろくに目に入らず、息をのむような作品も甘いにおいも、彼をわれに返らせることはなかった。

ダニーの頭の中で解決策が自然と練りあげられてゆく。まるで彼はその過程を作りだすのではなく、ただ傍観《ぼうかん》しているだけのようだった。これならすべての問題が解決する――資金を得られさえすればの話だが。新たなハードウェアの導入をウォーカー大佐が渋る可能性もあるものの、彼にはこの解決策以外、考えられなかった。なんなら、スコット・ストーンに大佐を説得させればいい。図表と計算式を山ほど使って、スコットに彼のハードウェアが持つ可能性を説かれれば、リチャード・T・ウォーカー米国陸軍大佐といえど、目をまわすに決まっている。

「これならうまくいく」ダニーは自分に言った。「ああ、きっとうまくいくぞ」

「なんの話、ハニー？」

「なんでもないよ」

帰宅後、ダニーは夕食を口に運ぶあいだも、頭の中では細部を煮詰めていた。まずは新しいメンバーをこの計画に加えるよう大佐を説得しなければ、スコットに連絡することもできない。そのあとは〝ドリーム・キャッチャー〟のコンセプトを要約したものをスコットに送ってもらおう。いや、それではだめだ。確固とした計画を作るのは、自分がオハイオへと行き、プロジェクトをその誕生地で見てからのことだ。

寝室のベッドに横たわり、キャロルが子どもたちを寝かしつけるのを待つあいだも、ダニーは忙しく頭を働かせて、今後の選択肢を考えた。大佐に連絡して、今夜から仕事に取りかかるべきだろうか。なにせこの任務は大統領自身から、国家に関わる最優先事項として課されたものだ。この解決策が本当に実行可能なら、すぐにでも着手すべきだろう。月曜日まで待っていいのか？

キャロルが寝室のドアを閉め、ダニーの物思いをさえぎった。妻の目つきはどこか色っぽい。「子どもたちは眠ったわ」ささやいて、彼に小さくウィンクする。キャロルはドレッサーからシルクの下着らしきものをゆっくりと引きだすと、キャンドルをともして電気を消し、腰を揺らしてバスルームへと消えた。

ダニーは不意に〝思考のコンパートメント化〟のコツをつかみ、ケルベロスのことは頭の中のキャビネットにいったんしまった。うん、月曜日まで待っても何も問題ない。

12

月曜日の朝早く、ダニーはウォーカー大佐のデスクの前に立ち、ボスが電話を終えるまでのあいだに勇気を奮い起こそうとした。

「いいか、タービン」大佐が受話器に向かってうなる。「その脅迫めいた口調が気に食わん。こちらが必要としている情報を快く渡さなければ、私は副大統領のもとへ行き、各機関の相互協力を妨げる障害物として、きみを名指しで非難するぞ！」受話器を架台に叩きつけ、小さく吐き捨てる。「スパイどもが」それから大佐はダニーに注意を向けた。「では、きみが何を考えついたか聞こう。手短にしろ」

上機嫌とはほど遠い大佐を前にして、ダニーの勇気は消滅した。喉が干上がり、最初の言葉すら出てこない。「サー……あ、あの、ケルベロスのことで、大佐がお探しの、あ、新しいアイデアが見つかりました」

〝でかしたぞ〟の言葉を期待していたが、大佐は笑みすら見せずにうなった。「そうか。さっさと話せ」

ダニーは気持ちを取りなおして続けようとした。「その、二度目の予行演習の結果報告を読んで、ひとつ気づいた点がありました。演習の指揮に当たった大将は、手もとにある手段では目標を達成するのは不可能だと強調しています。自分もそのとおりだと考えます。われわれに必要なのは新たな手段です」言葉を切って息を継ぐ。

「続けろ」

「サー、問題があるのは攻撃機のほうではなく、偵察機のほうです。単純にプレデターでは条件に合わない。あの偵察機を使うには、敵の防空網にあるレーダーを一部分、排除しなければなりません。そしてイラクの場合には、レーダーの多くが移動する。あっという間に隙間が埋められるんです」

ウォーカーはダニーからデスクへと視線を思案げに漂わせた。「その点は認めねばならんな」そう言って、ふたたび視線をあげる。「よかろう、大尉、きみのアイデアは？」

大佐が自分の意見を受け入れる気配を見せたことに、ダニーは奮い立った。「サー、われわれに必要なのは新たなハードウェアです――厳重な防空網の中でも探知されることなくターゲットとなる人物の位置を特定することができるもの」

ダニーは無意識に足を踏みだして、自分のアイデアを売り込んだ。「自分がホロマン空軍基地にいたとき、ステルス素材の開発に携わっていた民間人がいました。ミステルス専門の技術者〟とでも言いましょうか。彼はホワイトマン空軍基地でも多くの時間を費やし、Ｂ‐２ステルス爆撃機の改修に関わりました。彼の名前はスコット・ストーン博士。ストーン博士はＢ‐２爆撃機の爆弾倉から無人偵察機を発射することを考えていました。これなら、偵察と攻撃というパズルのピースがぴたりと合います。彼は現在もライト・パターソン空軍基地でこの偵察機を開発中だと思います。ですが、それがどこまで進んでいるかは自分にはわかりません」

「その機体には名前があるのか？」

「もちろんです、サー。彼は〝ドリーム・キャッチャー〟と呼んでいました」


　その夜、ダニーは自宅のキッチンに立ち、かんかんになって怒る妻をなだめつつ、質問をはぐらかした。「ああ、わかっているよ、ハニー、今度の職場は家を留守にすることも減るってたしかに言ったね」おだやかな声音で続ける。「そして、実際減っただろう。けれど、留守にすることがなくなるとは、ぼくは言わなかったよ」

　キャロルは返事をしない。腕を組んで彼をにらみつけている。

「わかってくれ、ぼくに選択肢があるわけじゃないんだ。短期任務《TDY》での職務はこの戦争全体に関与する。オハイオへ行けと言われたら行くしかない」

「わかったわよ」そっけない言葉が返ってきた。「でも、この状況も、なぜあなたが今日までそれを知らなかったのかも、わたしには理解できないわ。娘の誕生日を一緒に祝えないのなら、何日か前に教えてほしかった」

ウォーカー大佐はダニーのアイデアを驚くほどすんなりと受け入れた。少なくとも〝ドリーム・キャッチャー〟に関する部分は。ダニーは石垣を思わせるあの顔に興奮の色が見えたようにすら思った。あいにく、提案が見事採用されたのと引き替えに、ダニーは家庭を犠牲とすることになった。

詳細を決めるのに数日はかかると思っていたが、ダニーのボスは進展のにおいをかぎつけた。そしてリチャード・T・ウォーカー米国陸軍大佐は進展を先延ばしにする男ではなかった。彼は即座に電話をかけて手をまわした。

明日、娘の誕生日に一緒にケーキを食べる代わりに、ダニーはライト・パターソン空軍基地に飛び、ストーン博士にこの作戦の重要性を吹き込んでケルベロスに引き入れる。そのまま一週間滞在して〝ドリーム・キャッチャー〟について詳しく学び、スコットを手伝い、着想《コンセプト》を現実《リアリティ》に変えるための工程表を作成するのだ。「空軍資材軍団に新たな構想《コンセプト》があって――」彼はキャロルに説明した。「戦闘計画部の確認を求めて、誰かよこせと言ってきたんだ」最高機密レベルのセキュリティ・クリアランスを取得させることなく妻に明かせるのは、それが精一杯だった。

「それならフランクに行ってもらえばいいでしょう」キャロルはまだ譲らない。

「フランクは海軍所属だよ」

「すべての軍が一丸となって戦うんじゃなかったの？」

「あれは対外的なアピールだ。誰も本気でそうは思ってない」

ダニーはできるだけ簡単に荷物をまとめ、お誕生会に出席できない理由を娘にやさしく説明した。家族の行事があるときに、とりわけ子どもの誕生日に、一緒にいられないのはつらいが、これが最初というわけではない。そして国を守るために働いているかぎり、これが最後でないのもわかっていた。

13

翌朝、ダニーはリアジェットC－21輸送機のタラップから、ライト・パターソン空軍基地の作戦本部がある建物前に降り立った。通常のブルーの制服を着用し、同じくブルーのキャンバス地のカバンをさげている。輸送機から建物へと向かう途中で、背の低い黒髪の男が彼を迎えた。寒くないよう厚着をし、両手はコートのポケットに深々と突っ込み、長い首にはスカーフをきつく巻いている。「ダニエル」小さくぶるりと震えて男が声をかける。年齢はダニーとほぼ同じでまだ二〇代だが、その声音は教師が憎たらしい生徒に呼びかけるときのものだ。

「ぼくをダニエルと呼ぶのは母だけだよ、スコット」ダニーは返した。

スコットはやつれた青白い顔にうんざりとした表情を浮かべ、白目をむくかのように落ちくぼんだ目をぐるりと天に向けた。「その母親が説明してくれるのか？　きみがわざわざここまで来て、ぼくの仕事の邪魔をするほど、何がそんなに大事なのかって」

「それはきみの仕事場に入るまで待ってくれ」

スコットは肩をすくめると、ひと言も言わずに背中を向け、建物や格納庫が並ぶほうへと歩きだした。

以前一緒に働いた経験から、ダニーはスコットの態度には慣れていた。ぶしつけで、横柄で、他人を蔑《さげす》むところがあるが、しばらくすると、そんな性格の悪さも微笑《ほほえ》ましく思えるようになる。もしくは、思えるようになるとダニーが自分に言い聞かせているだけかもしれないが。彼や空軍の誰もがこの変わり者の態度を大目に見ている本当の理由は、スコット・ストーン博士が真の天才だからだ。そして身近に天才がいるのは便利なものだった。

ダニーが世間話をしようと話しかけるのをことごとく無視し、スコットは長い距離を歩いたあと、指紋認証と暗証番号で守られた分厚い鋼鉄のドアの前で立ち止まった。

「きみはまだ入れない。入室許可を取ってくる」スコットが言った。

「いいや、それが入れるんだ」ダニーはにっと笑うと、スキャナーに親指を押しあて、暗証番号を打ち込んだ。ドアはエラーメッセージを告げることなくカチリと開いた。

スコットはぽかんとし、ダニーは天才を驚かせた満足感をかみしめた。「きみのほうも、セキュリティ・クリアランスレベルが昨日よりあがっていると思うよ」ダニーは重いドアを大きく引き開けた。「ウォーカー大佐の電話は、文字通りドアを開けるからね」

厳重な警備のわりに、スコットの仕事場は拍子抜けするほど狭かった。ドアの向こう側には黒い面頬をつけたニンジャがいて、巨大な格納庫の中でトップ・シークレット扱いの航空機や兵器を守ってるんじゃないかと少しばかり期待していたが、ダニーが足を踏み入れたのはごく短い廊下で、両側に三つずつ小部屋が並び、突き当たりにもうひとつ部屋があるだけだ。壁もカーペットもデスクも椅子も、色合いが違うだけで、どれも灰色一色だった。「インテリア・デザイナーが見たら悪夢にうなされそうだな」ダニーは言った。「まあ、インテリア・デザイナーはこの中に入れるレベルのクリアランスを持ってないだろうけど」

「ミゲルは二年に一度、カーペットと家具の確認に中まで入ってくる」スコットが言った。

ダニーはハハハと笑ったが、スコットの表情は変わらない。博士は小部屋のひとつを身ぶりで示した。「入ってくれ。どんなすごい秘密があって、ぼくの聖域にやってきたんだ？」

「まずは、きみにサインをしてもらう書類がある」

守秘義務に関する手続きが終わると、ダニーはブルーのカバンに書類をしまい、スコットに微笑んだ。「ようこそ、ケルベロスへ」そう切りだし、この計画の目的、失敗続きのミッション、そして自分がライト・パターソン空軍基地に来た理由などをすべて説明する。「われわれには〝ドリーム・キャッチャー〟が必要なんだ。ステルス性と偵察機能、この両方がなければ成功しない」

スコットはしばらく考えて状況をのみ込むと、小さな金庫を開けた。中からCDを一枚取りだし、自分のコンピュータに挿入する。

それから二〇分後、ダニーはまだひと言も発することができないでいた。〝ドリーム・キャッチャー〟はただの着想《コンセプト》ではなかった。完成された設計図になっていたのだ。まず、縮尺図面があり、それにはダニーにはとうてい理解の及ばない計算式が書き込まれていた。そしてそれぞれのシステムに関する詳細な説明だ――搭載電子機器《アビオニクス》に推進装置、機体構造、外皮《スキン》、ほかにも数々含まれている。さらにはB‐2ステルス爆撃機の爆弾倉内の投下架《ラック》を、搭載させるドローン用の巨大なものに換装させた図面まであった。スコットが何か言ったが、ダニーは驚嘆して画面に釘付けになっていたため、その言葉は右の耳から左へと抜けた。「ごめん、なんて言ったんだい？」彼はしゃべる能力を取り戻して聞き返した。

「助けだ」スコットは繰り返した。「助けが必要になる。ぼくの作品だと言いたいところだけど、これは全部自分でやったわけじゃない。〝ドリーム・キャッチャー〟は〝青い亡霊《スペクター・ブルー》〟として知られるステルス計画の一部として開発された。最も完成に近いプロジェクトなのは間違いないが、これが唯一というわけじゃない。〝ドリーム・キャッチャー〟の構想ひとつを取っても、そのさまざまな側面を民間会社から来ている多数の要員《コントラクター》が受け持っている。しかも現時点ではこれはまだ〝紙飛行機〟だ。これを作るには本物の製造業者が要る」

「わかってるよ、スコット」ダニーは保証した。「必要なサポートはすべて与えると言われている。〝ドリーム・キャッチャー〟はすぐに〝紙飛行機〟じゃなくなるさ」

14

「いいえ、それは無理よ」会議用テーブルでダニーの真向かいに座る金髪の女性が言った。「エンジンのデザインにある問題を解決するには、少なくともあと三週間必要よ」

ダニーが基地に到着してまだ数時間しか経っていないが、開発の中心となる専門家一〇名はすでに確認され、その全員にケルベロスのクリアランスが与えられていた。いま総勢一二名のメンバーは、第一回企画会議のために〝スペクター・ブルー〟の小さな会議室に詰め込まれていた。

あまりの狭苦しさに閉所恐怖症になりそうなダニーとは違い、スコットはぎゅうぎゅう詰めでも平気らしい。もっとも、天才の顔に浮かぶ表情からすると、ブロンドの女性に言い返されるのは平気ではないようだった。

資料によると、アマンダ・ナヴィストロヴァはマサチューセッツ工科大学《MIT》を二度卒業し、機械工学と熱力学の修士課程を取得している。自分の専門分野で博士号を取ろうとしたことはない。それは博士号という肩書きを必要としないほど幅広い経験を持っているからだと、スコットは会議の前にダニーに認めたあとで、生意気だけどな、と付け加えた。アマンダは〝ドリーム・キャッチャー〟の推進システムの主任エンジニアになる予定だ。

「それに、見てちょうだい、長距離用通信機がエンジン部にこんなに近いわ」奥の壁にプロジェクターで映しだされた図面を指差して続ける。「これでは熱と振動が信号に干渉する。それを試験する時間は取ってあるの？」よくよく見ると美人だなと、ダニーはふと気づいた。ヘアスタイルをどうにかして、ちょっとメイクすれば、見違えるほどきれいになりそうだ。けれど、彼女はそんなことに興味はないのだろう。

「アマンダ、きみの言い分はわかる」スコットがいらいらと言った。「だが、このプロジェクトに関しては、全員無理を承知でやらなきゃならない。大統領は〝ドリーム・キャッチャー〟がいまここにあることを求めているんだ、五年後じゃない」

アマンダの左側に座っている、明るい色の髪をしたふたりの男は、どちらもカーキ色のズボンをはいてチェック柄の半袖シャツを着ていた。名前はジェレミーとイーサンで、〝スペクター・ブルー〟の中では〝おしゃべり双子〟として知られていた。スコットはその話をしたとき、どっちがどっちかいまだに覚えられないとダニーに打ち明けた。〝おしゃべり双子〟はつねになんでも書面で報告した。

突然、双子の片割れがその慣例を破った。「その長距離無線送信機はなしにするっていうのは？」自分のメモから顔をあげて提案する。

基本設定が消音の〝おしゃべり双子〟が、唐突に音声を発したため、スコットは面食らった。「すまない、ジェレミー、いまのはなんだ？」

「ぼくはイーサンだ。一緒に働いてもう一年以上になるよね」

スコットはうるさそうに手を振った。「どっちでもいい。さっき言ったことをもう一度聞かせてくれ」

イーサンはスコットにじろりと目をやったあと、メンバーを見回して続けた。「〝ドリーム・キャッチャー〟を母機から操作するんだ」自分のアイデアをわかりやすく言い換える。「すぐにでも完成させなきゃいけないのなら、いくつか近道を探すっていうのもありだよ。母機にコントロール・ステーションを設けてそこから飛ばせば、長距離通信用の機器の大部分がなくてすむ。衛星ネットワーク用のプランもほとんどは不要になるから、書類の提出、それにリンク確立の手間が省ける」

ダニーは興味を引かれて身を乗りだした。「B－2内部にコントロール・ステーションを設置するのに要する時間と費用は？」

「B－2にはもともと三人目用のステーションがあるんだ。当初は操縦士と副操縦士のうしろに、航空士を座らせるはずだった。システム自体は全部そのままで、パネルで覆われているだけだよ。テリーはＢ－２の開発時にノースロップ・グラマン社にいたんだ。ぼくのアイデアは実現可能だろう、テリー？」

ダニーの左にいる男がゆっくりとうなずく。「ああ、可能だ。基盤となる機器はすでに取りつけられているし、イーサンの言うとおり、母機から操縦すれば時間と費用の節約になる」

ダニーはテーブルを囲んでいる者たちの顔を見回した。異論はないようだ。「それでは諸君、変更を加えた設計図を明日の午後までにスコットに提出してくれ」

15

ドイツ南西部
二〇〇二年一月二一日

「デビル一番機《ゼロ・ワン》へ、次の攻撃目標《ターゲット》は細長い長方形の果樹園から北へ一・五ユニット。戦車二両です」

「了解《コピー》した、グランジ。デビル・ワン、これから確認する」ニックは地上の前線航空管制官に返した。短い尾根の向こうが双眼鏡で見える程度にA－10《ホッグ》を上昇させる。戦車は容易に発見できた。雪原に茶色い跡が長々と残っている。「視認した、グランジ。二〇メートルの間隔で北へ向かっている」

「それです、デビル。それがあなたのターゲットです」

「デビル二番機、確認《コレクト》できたか？」ニックは別の無線で尋ねた。

「ツーも敵を視認《タリー》」バグが返事をする。「マーヴェリックを使えば簡単につぶせるな」

攻撃の手順を手短に確認すると、ニックは自機を戦車がいる方角へと向けた。またたく間に半マイル（約九〇〇メートル）まで接近し、機首を引き起こして左へ顔を向け、ターゲットを見つけて旋回する。「デビル・ゼロ・ワン、最終進入《ファイナル》。攻撃許可を要請《ホット》」無線機に告げる。

「グランジ、一番機を視認しました。攻撃を許可します《クリアード・ホット》」

「デビル・ゼロ・ワン、標的を完全に捕捉《ソリッド・ロック》。マーヴェリック・ミサイル発射《ライフル》」ニックは攻撃を終え、その後方からバグが接近する。

「デビル・ゼロ・ツー、ファイナル。ホット」バグが攻撃許可を求めた。

「デビル・ツー、クリアード・ホット」管制が許可する。

もう一両の戦車をバグが仕留め、二機のA－10攻撃機は集合地点へと引き返した。楽勝だ。ニックは無線の周波数を新たな地上管制官のものに切り替えた。「スパイダーマンへ、こちらはデビル。参照点《ブルズアイ》（作戦前に決めてある任意の地点）から方位二六〇、距離五四で北へ向かう戦車二両へミサイル二基を発射」

「デビルへ、こちらはスパイディ。聞こえています《コピー》」ドイツ人の管制官が応じる。彼は赤軍《レッド・フォース》と青軍《ブルー・フォース》、両軍の攻撃用周波数を同時に聞いて、この演習の審判役を務めていた。「レッド戦車隊三番車と四番車《スリーフォー》へ、デビル編隊《フライト》がきみたちの位置にミサイルを発射……二両とも撃破《デッド》だ」

ニックは自機をわずかに上昇させて、イギリス陸軍の戦車、チャレンジャー2が一八〇度旋回をゆっくりと開始して引き返すのを眺めた。

「デビルへ、こちらはスパイディ……」

「デビルより、どうぞ」

「もしもミサイルが当たってなければギネス・ビールをおごってもらうと、レッド・スリーから伝言です」

「了解した、スパイダーマン」ニックは挑戦を受けてたった。「ヘッド・アップ・ディスプレイ《HUD》のビデオ・テープ《AVTR》を用意しておくと伝えてくれ、自分の戦車が撃破される直前の姿を確かめるといい」

ニックは酸素マスクを引きおろし、笑みを見せた。彼とバグは二〇〇二年クリーン・ハンター軍事演習で最初の任務を成功させたところだった。これはアメリカで毎年開催されている空戦演習、レッド・フラッグの北大西洋条約機構《NATO》版で、ふたりとも勝利を必要としていた。

コリンズの事故に関する調査は精神を消磨した。二カ月以上に渡って行われ、そのあいだニックとバグ、そしてオソはまるで刑事被告人のように扱われた。最終的には、レッドアイが言っていたとおり、調査委員会は三人のパイロットの行動にはなんの落ち度も見当たらないと結論した。最終報告書に書かれていた内容は、事情聴取でニックが最初に言ったこととほぼ同じだった。コリンズは僚機を見失い混乱。そしてバグの機体をオソのものと取り違え、その結果ニックの飛行コースに重なり、衝突を回避しようとして墜落した。

　調査委員会の委員長は、注意を怠らず慎重であるようにという牧師の講話めいた長広舌のあと、三人に責任はないとして全員を飛行任務に戻した。だが、コクピットに戻るそれぞれの心は傷を負っていた――中でもオソが受けたダメージは大きかった。

　飛行列線《フライト・ライン》へ戻ったニックは、最初の数回の訓練任務中、戦術上の判断が必要となるたびに、オソが尻込みするのに気がついた。自分が指揮する編隊に基本的な直進攻撃以上に複雑なものをさせようとしないのだ。そんな事情から、ニックは仲間を見捨てるうしろめたさを感じながらも、このクリーン・ハンター軍事演習でオソの四機編隊から離れて自分の二機編隊を率いることになったとき、ほっとしたのを否めなかった。

「デビルへ、こちらはグランジ。追加の任務があります」前線航空管制官が告げた。

「了解、グランジ。続けてくれ」

「燃料と兵装が残っていれば、撃破してほしい次のターゲットがあります」

ニックは油性鉛筆でキャノピーに書き留めておいた数字に目を向けた。バグはまだ五〇〇ポンドMk82通常爆弾を三発に、マーヴェリック・ミサイルを二基持っている。そして機関砲は全弾装填されたままだ。ニックの装備も同じで、どちらも燃料はじゅうぶんに残っている。これならデビル編隊は今日の演習でふたつの勝利をあげられそうだ。

「グランジへ、こちらデビル・ゼロ・ワン。プレイタイムは残り四〇分、武器は各種揃っている。ターゲットは？」

「ブルズアイから方位二三〇度、六〇マイルの空域へ向かうようにとの指示です。地対空ミサイル《SAM》システムに防御されていますが、ワイルド・ウィーズルの編隊と別のA－10二機が掩護します。周波数を四に変え、大鳥《レイヴン》と話してください。これはブレード編隊《フライト》、それにウィザード編隊《フライト》との合同攻撃《ジョイント・アタック》になります」

ウィザード。それはオソのコールサインだった。現在のオソの状態を考えると、ニックは彼との合同攻撃には気が進まなかった。とはいえ、ワイルド・ウィーズルがいるA－10の仕事は複雑なものにはならないはずだ。

「了解《ウィルコ》」ニックは管制官へ返した。地図を確認する。新たなターゲットはここから南へ三〇マイル、国境を越えてフランス側に入る。彼はバグに翼を振り、国境へと機首を転じた。

「デビル編隊《フライト》、TAD4《フォー》に切り換える」ニックはそう言って、NATOが使用する戦術航空指令無線周波数《TAD》に切り換えた。「デビル、切り替え確認《チェック》」

「ツー、確認」バグが応じる。

「レイヴン、こちらはデビル。ターゲットの位置と南の状況を教えてくれ」

空中指揮統制機のオペレーター、レイヴンが座標を告げる。「この地域の赤軍空域《レッド・エア》は制圧済みです」説明を続ける。「ターゲット・エリアの北西角にアクティヴなSAMが一基。破壊・除去《キル・リムーバル》対象のコールサインはレッドSAMエイト。あなたがたの任務はSAMの排除後、空港にある航空機と兵站《へいたん》の破壊です。この周波数でウィザードと連絡してください」

ニックは眉根をよせた。欠けているものがあるぞ。「レイヴンへ、ブレードはどうした？　彼らもこの周波数を使っているのか？」

「いいえ《ネガティヴ》。整備不良でブレードはもとから発進していません。デビル、あいにくですが、今日はワイルド・ウィーズルはなしです」

操縦桿を握るニックの手に力が入った。野イタチ《ワイルド・ウィーズル》とはF－16戦闘機からなる特別隊だ。みずから囮《おとり》となって敵のSAMにレーダーを作動させ、そのレーダー波をたどって相手を破壊する、対レーダーミサイルHARMを撃ち込むことができた。SAMさえ片付けば、A－10は堂々と飛行し、簡単な攻撃で空港を一掃するだけだった。いまやF－16の掩護を失った上に、決断力をなくした編隊長と組まねばならないのだ。ニックはもうひとつ勝利を手にするチャンスが遠ざかるのを感じた。続行せずにさっさと帰投しておくべきだった。フランスの領域での一敗は、すでに手にした一勝を帳消しにしてあまりある。

「デビル・ゼロ・ワンへ、こちらはウィザードだ。聞こえるか？《コピー》」耳慣れたオソの声が無線から響いた。

「こちらデビル、明瞭に聞こえている」応じたあと、ニックは無言で待った。オソの階級と地位を尊重し、この場にいるA－10四機の指揮を任せたのだ。気は重いが、しきたりと任務規定が彼にそうさせた。

「ウィザードがこの場の指揮をする」オソがニックの沈黙を受けて告げた。「デビルはターゲットから南東六マイルで待機。われわれは北東で待機する」

「デビル、了解《ウィルコ》」ニックはついてくるようバグに合図した。使用可能な資源《リソース》がわかるよう自分たちの兵装と燃料をオソに報告したあと、地図を取りだし、ターゲットの空港を丸で囲む。ニックはその地域を調べた。機体が隠れられるような地形はほとんどない。最初に取り組むのはSAMだ。つぶしておかなければ、残りのターゲットを攻撃するところを狙い撃ちされる。となれば、有効な作戦はひとつしかない。それはわかったものの、ニックはオソの提案を待たねばならなかった。

オソはなんの提案もしようとしなかった。

四機のA－10はさらに数分間旋回を続け、貴重な燃料を浪費した。ニックは不安になってきた。このままオソが攻撃に取りかからなければ、燃料切れで帰投せざるを得なくなる。ターゲットを放棄して——フランス軍のターゲットをだ。やがてニックはこれ以上我慢できなくなった。「ウィザードへ、こちらはデビル・ワン」

「続けてくれ、デビル」

「アイリッシュ・クロスを提案します。使用するのはマーヴェリック・ミサイルと爆弾。これしか方法はない」

「却下《ネガティヴ》する、デビル」オソが返した。「きみたちの武器は残しておけ、これはわれわれが対処する。その後、そちらと空港を二分して攻撃だ」

ニックは耳を疑った。正気か、とオソに問い返したかった。SAMをA－10二機のみで攻撃するのは自殺行為だ。

「デビル編隊《フライト》は待機を続行」オソが言った。「ウィザード編隊《フライト》は攻撃《ストライク》パターン・ワン、マーヴェリックと囮《デコイ》。準備ができたら返事だ」

「ウィザード・ツー、準備完了《レディ》」オソの僚機、シューターが告げた。その声音からして、編隊長《フライト・リーダー》の計画に乗り気でないのは明らかだった。アクティヴなSAMの射程範囲内で囮役をやらされるのが、当然ながら気にくわないのだ。

「ウィザード、作戦実行《エクセキュート》」

何マイルも離れた場所から、ニックは双眼鏡をのぞいて目を凝らした。オソは自機をターゲット・エリアへと向け、一瞬後にシューターがそのあとを追う。SAMの射程ぎりぎりのところでオソは北へと別れ、シューターはさらに目標に接近してから機体を反転させた。

最初、その作戦は成功するかに見えた。SAMは囮へと狙いを向けたが、シューターが近づけるのはそこまでで、すぐに機首を転じなければならなかった。オソは急旋回に必要なバンク角を確立する時間がなく、まわり込んでマーヴェリックでターゲットを狙おうとしたときには、SAMはすでに向きを戻していた。

SAM基地から白煙が空へと走り、ニックは首を横に振った。地上にいるフランス軍がスモーキーSAMと呼ばれる模擬ミサイルを発射したのだ。シューターもその煙を目撃し、ふたたびSAMへと旋回した。二基目の発射を防いで編隊長を救おうとしている。

フランス訛《なま》りの声が彼らの無線に悠然と割り込んだ。「北側のA－10、射程内での撃墜《イン・レンジ・キル》を……確認」SAMのオペレーターは二基目をはなつ必要はなかったらしい。

ニックはあんぐりと口を開けた。シューターはSAMへと進みつづけている。引き返すには遅すぎると判断し、いちかばちかの攻撃に出たのだろう。やめろとニックが警告する間もなく、シューターは敵ミサイルの射程内に入り、機関砲で有効な距離まで近づこうとした。

SAMのオペレーターは対処する準備ができていた。ミサイルを向けて二番目の攻撃機を迎え撃ち、スモーキーSAMを空へと発射する。フランス訛りの声が無線機から彼らを嘲《あざけ》った。「東側のA－10、射程内での撃墜《イン・レンジ・キル》を……確認」

「ウィザード編隊《フライト》へ、こちらはスパイダーマン、きみたちは二機とも撃破《デッド》だ。帰投してください」

「やれやれ、いまのはあっという間だったな」ニックは声に出して言った。オソが率いる二機のA－10はものの数秒で撃ち落とされた。友人がラスベガスでルーレットテーブルに一〇〇ドルをほうり投げ、一瞬でその金と自尊心を失うのを目の当たりにした気分だ。「デビル・ツー、どうやらあとはこっちに任されたらしい」うんざりしているのを隠しもせず、ニックはバグに告げた。「これは二機での挟撃になる。きみは機関砲、ぼくはマーヴェリックだ。可能なかぎり大きく傾斜角《バンク》を取って急旋回するんだ。北東へ七マイル移動し、準備ができたら教えてくれ」

バグはゆっくりと離れていった。「二機とも撃墜されるのはわかってるよな」

「ああ、だが基地もつぶしてやるさ」

「了解《ラジャー》。待ってて《スタンバイ》くれ、ワン」

ニックはバグが攻撃位置につくのを双眼鏡越しに目で追った。「デビル・ツー、準備完了《レディ》」ようやくバグが言う。

ニックは深々と息を吸った。「デビル編隊、作戦実行《エクセキユート》」

バグはわずかに機体をそらしてから、SAMを攻撃しようと旋回進入《ロール・イン》した。ミサイルが僚機の方向へと回転するのをニックは見守った。「あともう少しだ、突っ込め、バグ」小声でつぶやく。

それが聞こえたかのように、バグはさらに接近した。そしてコールする。「レッドSAMエイトに機関砲発射《ガンズ ガンズ ガンズ》」彼はA‐10のアベンジャー機関砲の有効射程よりはるか手前で模擬射撃した。

SAMの旋回式発射機《ランチャー》はバグに引きつけられているようすで、ニックはマーヴェリックで攻撃しようと進入した。バグは急旋回して敵ミサイルの射程外へ逃げようとし、ニックはごくわずかな希望を感じた。だがそのとき、おなじみの白煙の筋が目に入る。バグは敵に接近しすぎたのだ。

「北側のA－10、射程内での撃墜《イン・レンジ・キル》を……確認」フランス訛りの声は淡々として冷ややかだった。敵レーダーがニックを捜索し、ランチャーは別の方向へと回転しはじめるが、今度はフランス人たちは間に合わなかった。

「デビル・ワン、レッドSAMエイトにミサイル発射《ライフル》。射程内《イン・レンジ》、完全捕捉《ソリッド・ロック》」ニックは無線機に言葉を吐き捨てた。

スモーキーSAMがもうひとつあがった。「南側のA－10に射程内での発射《イン・レンジ・ローンチ》……待って《スタンバイ》てくれ」仮想のミサイルが空中をすれ違う。最後の無線コールで、フランス訛りの声はアメリカ人パイロットたちへの侮蔑の念を隠そうとしなかった。「撃墜《キル》……確認」

スパイダーマンが最終判決を告げる。「デビル・ワンとデビル・ツーへ、こちらはスパイディ。きみたちは二機とも撃破《デッド》だ……交信相手を切り替える《ブレイク・ブレイク》……レッドSAMエイトへ、そちらも撃破《デッド》だ」

「デビル・ツーへ、こちらはワン。きみの南側、五マイルにいる。退去方向へと向きを変えてくれ。帰投しよう」ニックは無線コールで、感情を出さずに冷ややかな声を保とうとした。フランス人《フロッグ》たちが聞いている前で軍人らしくない言動は見せたくなかった。だが、数分後、ドイツへと国境を越えると抑えつけられていた怒りがこみあげた。彼はキャノピーに拳を叩きつけた。飛行隊に負けをつけてしまった。それもよりによって、フランス相手に。ひとつの考えがニックの頭の中でがんがんと響いた。これもすべてオソのせいだ。

16

シュパングダーレム空軍基地のジムは冬場は最悪だ。フランス人が建てたこの建物は、第二次世界大戦後にアメリカの手に渡って以来、一度も改築されていない。暖房システムは皆無。すべてが冷たく、そのせいで何もかもが硬く感じられた。サンドバッグも、床のマットも、ほかの男たちの拳さえも。ニックは両手をこすり合わせてロッカールームをあとにすると、床のタイルになるべく足の裏をつけないようにして、ジムへと移動した。

床がタイルからマットに変わり、彼はほっとした。表面の温度が数度は上昇したように感じる。ニックは日本の柔術のしきたりにならい、戸口で立ち止まって頭をさげた。それからすばやくジムの奥へと向かう。そこではオソがウォーミングアップをしていた。ジムの壁を背に、ふたりはしばらく無言でクラス前のストレッチを行った。

オソのウィザード編隊《フライト》はデビルよりも数分先に基地に戻り、ニックが自機から降りたときには、オソとシューターはどちらも姿がなかった。オソがさっさと帰ったことにニックは気まずさを覚えた。ウィザードとデビルは別個の編隊で、任務も別だったとはいえ、同じターゲットに取り組んで一日を終えたのだ、その場合は合同結果報告会《ジョイント・デブリーフィング》をするのが決まりで、あれだけの大失敗であればそれはなおさらだった。手順を無視するとはオソらしくなかった。以前とは違う、臆病者のオソであっても。

「シューターとのデブリーフィングはずいぶん短かったようだ」ニックは遠回しに切りだそうとした。「自分たちが戻ったときにはすでにいませんでしたね」

「ああ」オソは上の空でストレッチを続けている。心ここにあらずと言ったようすだ。

ニックはふだんの自分のペースに入って静かにストレッチし、冷え切ったジムの中で体をほぐそうとした。しかし、会話がないのがすぐに気まずくなった。昔から気まずい沈黙は苦手だ。「デビル編隊《フライト》と一緒にデブリーフィングしなかったのには、何か理由があるんですか？」

オソは首の筋肉を伸ばし、顔を反対側へ向けていた。首をこちらへめぐらせたとき、その顔には絶望の色が浮かんでいた。彼はニックの目を見据えた。「泥沼だ」

「泥沼？　何がです？」

「隊長のことだ、今日の演習結果に激怒してただろう。メールを見てないのか？」

「いいえ。飛行《フライト》のあと、メールをチェックする時間はなかった。兵装士官を探すのに忙しかったんですよ、デブリーフィングもせずにさっさといなくなったので」腹立たしさを抑えきれなくなっているのを自覚しながらも、ニックはそれを放置した。

「ふたりとも〇七〇〇時に隊長の執務室に呼ばれている」

「わざわざお教えいただき感謝します」ニックは皮肉めかして言った。「おかげで今夜は安眠できそうもない」

「ああ、何も私ひとりが眠れぬ夜を過ごすことはないからな。不幸は道連れをほしがると言うだろう」

「巻き込まれるのはごめんです。不幸に浸りたいなら、ご自分ひとりでどうぞ」

ジムの上座に当たる場所で師範が立ちあがり、両手を叩きあわせた。隊員たちがさっとふたりひと組になる。ニックとオソはそばにいたという理由で、しぶしぶながらお互いの稽古《けいこ》相手を務めることとなった。

最初の稽古は腹筋の強化だ。ふたりで横に並び、両手をあげて頭のうしろで組んでから、交互に相手の腹に回し蹴りを入れる。それだけでもじゅうぶん過酷だが、このあと必ず脚の強化が続く。ふたりが向き合って立ち、互いの太腿に蹴りを入れ合う訓練だ。

ふだんなら、怪我《けが》をしたり肋骨《ろっこつ》を折ることがないよう、オソは手加減するのだが、その日、腹に喰らった最初のキックで、ニックは相手が抑圧された怒りを抱え込んでいるのを確信した。ニックは同様にやり返した。オソがさらに激しい蹴りをはなつ。ふたりはしだいに赤くなっていく顔を痛みでしかめないようにした。脚の強化になっても、意地の張り合いは続いた。

強化訓練のあとは新しい技の説明があり、残りの時間は模擬試合《スパーリング》となった。ニックとオソはペアのままだ。ふたりでスパーリングをしたことは前にもあるが、これほど険悪なムードだったことは一度もない。

ふたりのパイロットは足を引きずってマットの隅へ移動すると、向き合って身構えた。身につけている防具はマウスピースのみ。師範の流派では、グローブやその他のプロテクターは使用しない。相手を抑え込むときに邪魔になり、技をかけても決まらないからだ。

「で、今日は何を怖《お》じ気《け》づいたんです？」ニックは問いを投げつけた。怒りをぶつけ合うのなら、すべて吐きだしたほうがいい。

「それはどういう意味だ？」オソはすでに青痣《あおあざ》だらけのニックの太腿に強烈な蹴りを繰りだし、さらに胸をジャブで突いてあとずらせた。

「アイリッシュ・クロスなら、誰ひとり撃墜されずにSAMを叩きつぶせた」ニックはストレートキックを出すふりをしてその足でマットを踏みしめ、オソの顎に軽いフックをお見舞いした。「腕でガードするのを忘れてますよ、ボス」

「ああ、そうかい」オソはニックの鼻へとジャブを出すが当たらない。「あれはうまくいかないと判断しただけだ。バグとシューターにはまだ難しい」

「まだ難しい？」ニックは左にまわり込み、相手のガードの隙を探した。「あのふたりならじゅうぶんにできた。それに――」飛んできた右クロスをブロックする。「あのふたりは旋回して撃たれないようにすればいいだけだった。そっちの二機編隊の攻撃が失敗するのは、はなからわかっていた。こっちはその失敗の責任を押しつけられたんだ」最後の言葉はうめきながら吐き捨て、右フックを繰りだす。

今度はオソはパンチをかわしたが、ニックの狙いはそれだった。右手でそのままオソの道着の肩をつかみ、大きく踏み込む。両脚を刈られてオソの体は宙に浮き、うめき声とともに背中からマットに叩きつけられた。

ニックはうしろへさがり、自分の技の成果を眺めた。つま先で軽くはずみ、立ちあがるようオソに身ぶりで示す。「いまの技、もう一度やりましょうよ。それとも、マットの上でも臆病風に吹かれましたか？」

最後のひと言は冷え切った空中に漂った。いつの間にかジムは静まり返っている。ニックは視線をめぐらせ、ほかの隊員たちが稽古を中断し、ふたりを取り囲んで見物しているのに気がついた。

オソがむくりと立ちあがる。怒りでぎらつくその目は柔術の稽古をする者のものではない。うわべだけの礼節は消えていた。

小柄なパイロットは攻め込んでくると、強烈なパンチを次々にはなちはじめた。あまりにすばやい攻撃に、ニックは持てる技をすべて駆使して必死でかわした。何度か反撃を試み、二回か三回はいいところに拳が当たったが、その努力も避けられない結果を遅らせただけだった。

ニックが気づいたときには、オソは彼の懐に入り、胴着をがっちりつかんでいた。次に何が来るのかわかったが、オソの動きはあまりに速く、ニックは衝撃に備えることしかできなかった。オソは体をひねるのと同時に膝を落とし、ニックの腰より下に重心を移した。続いて胸ぐらを自分の肩に引きよせ、ニックの体を吊りあげる。

足がマットを離れるのがわかり、ニックの目の前でジムが回転した。マットに叩き込まれた衝撃は、巨大ハンマーで殴られたかのようだ。肺の空気が一気に押しだされた。

ようやく声が出るようになると、言葉がニックの喉から流れでた。「あなたに責任はなかった」

オソは彼の上にかがみ込み、胴着の襟をつかんだ。ニックの肩を引きあげ、鼻先を突きつける。「それはコリンズに言え」つかの間視線を合わせたあと、オソはニックをマットの上へと突きはなし、大股でジムをあとにした。

17

ワシントンＤＣ

　ダニーがケルベロスにスコットを招き入れてから、まだ一週間も経っていなかった。そしていまふたりは国防総省《ペンタゴン》のＥ環状廊下《リング》（五層構造になっている建物の一番外側）にある南西のホールを足早に歩いていた。「在室だといいが」スコットが言った。「さっさと承認がほしい。これからが仕事だ」

「部屋にいるのはわかってるんだ。とにかく規則正しい人だからね。ウォーカー大佐は〇五〇〇時きっかりにフィットネス・センターに到着。そして特にくびれのない体のシェイプアップに一時間励んだあと、シャワーを浴びてカフェテリアで朝食。〇七三〇時には自分のデスクの前に尻を固定している。そこからメールで命令を吠《ほ》えたて、夢を粉砕し、いくつもの帝国を築きあげたあと、一一時半にカフェテリアに戻ってランチを取る。少なくとも三〇分は大佐と話ができる、だからら……」

ダニーは前へとよろけた。ペンタゴン中で唯一カーペットがずれている場所につま先が引っかかったんだと、のちのち彼は主張した。顔面から床へと倒れ、ホール右側の白く塗られた低い窓枠の角を、頭がすっとかすめる。〝ドリーム・キャッチャー〟の工程表を入れた黒いハードケースが、汗ばんだ手のひらから滑り落ち、床の上を跳ねて一メートルほど先で止まった。

スコットは足を止めることなく大股で進み、ケースを拾いあげた。裏返してケースを確かめる。「いまのは危なかったな」

「ああ、頭を打つところだったよ」

「は？　ああ、ぼくが言っているのはケースのことだ」スコットはケースを差しだしてダニーに見せた。「ほら、ちゃんとロックされたままだ」

「それはよかった、ケースが無事で何よりだ。ぼくが頭を叩きわりかけたことは忘れてくれ」

スコットは彼を見て顔をしかめた。「大げさだな」自分が持つほうが安全だと言わんばかりに、ケースを胸に引きよせる。「厳重な機密扱いになっている書類を窓が並ぶホールにぶちまけでもしたら、大量の始末書を書かされる。きみがあわやというところで回避した悲劇はそっちのほうだ」

「なあ、いいかい。嘘でもいいから、仕事仲間を気づかうそぶりを見せれば、きみも少しは人間味が出ると思うよ」

「なんだって？」

「なんでもない」

数分後、ふたりは大佐の執務室の中で立っていた。ウォーカーも立っている。工程表を見るなり、彼は椅子から跳びあがっていた。「二年？　正気か？　こんな数字をウィンザー大将に見せられるか。笑い飛ばされ、私はフォート・ベニング陸軍基地へ送り返されるのがおちだ」人差し指を突き立てる。「一年。与えられる期間はそれだけだ。一年以内に完成させろ」

ダニーは目を見開いた。「サー、ご理解ください、これはまったく新しいハードウェアの開発なんです、それに加えて、B－2ステルス機の爆弾倉にも大幅な改造が必要だ。製造業者を決める手続きさえまだなんですよ」大佐の額に血管が浮きあがる。ダニーは不意にそれを指で押さえたい衝動に駆られたのを、なんとかこらえた。

バンと大きな音を立て、大佐は提案された工程表をデスクに叩きつけた。「きみたちふたりはそこいらの一般人か？　ことは国家の安全に関わる。これは国政の最高執行者の命で誕生した計画だ。われわれが毎回毎回、規則通りに手続きを踏んでいると本気で思っているのか？」息を吐きだして肩の力をわずかに抜き、立腹したボスの声音から、いらだたしげな教師のそれに変える。「〝ドリーム・キャッチャー〟はノースロップ・グラマン社が製造する。話はすでに通してある。この話を知らなくても、ボーイングとロッキードはつぶれはせん」

ダニーはおずおずとスコットと視線を交わした。「サー、われわれのチームにいる要員《コントラクター》たちはほかにもさまざまな会社から来ています。レイセオンにＢＡＥシステムズ、もちろん、ボーイングとロッキードも」

大佐は疲弊したかのように椅子にどさりと腰を落とした。「いいか、その愚かさは経験不足によるものだと解釈しよう。ケルベロスの機密保持契約書を読まなかったのか？　きみたちのチーム全員が、この秘密を守ると私に命を預けて誓ったんだ。ひとりとして自分の会社に泣きつくことは許されない」両手を開いて肩をすくめる。「仕事をさせろ。その期間分の契約金は彼らの会社に支払われる。万が一、情報を漏らしたら、私がそいつの親指を縛って吊るしあげる」

ダニーはゆっくりうなずいて従った。「わかりました、サー。工程を短縮するよう努力します。ですが、それには二、三日はかかると思います」

「却下だ」

ダニーは助けを求めてスコットに目を向けたが、博士の顔からは血の気が引いている。一緒に仕事をする上で自分以上の難物に遭遇したのは、おそらくこれがはじめてなのだろう。スコットが失神する前にうしろに椅子を引きよせておくべきだろうかと、ダニーは心配になった。

「シャープ、これは努力しろという話ではない」ウォーカーが言った。大佐は博士が顔面蒼白《そうはく》になっているのにも気づいていない。「きみは期間を短縮する。そして書き改めた工程表を明日の一一〇〇時までに私に提出するんだ」

この理不尽極まりない命令への返事はひとつしかないのをダニーは知っていた。

「イエッサー」

18

翌朝早く、ダニーとスコットは国防総省《ペンタゴン》の地下にある、秘密安全措置がほどこされた一室で、テーブルをはさんでにらみ合っていた。卓上には丸まった紙や書類が散らばっている。一晩中工程表を見直したが、それでもまだ期間を半分にまでは削れていない。

「いいかい、スコッティ、何度も言うが、この〝未知の要因《Xファクター》〟用のパッドは省いてくれ。そうしなきゃ期間短縮は絶対に無理だ」スコッティと呼ばれるのを相手が毛嫌いしているのは知っていたが、ダニーの忍耐力はすでに尽きていた。

「こっちも言わせてもらおう、ダニエル。パッドなしでは、何か不測の事態が必ず生じる。そして結局はスケジュール通りには行かなくなるんだ！」

室内にはピリピリとした空気が充満していた。この一時間は堂々めぐりでなんの成果も得られていない。友好的な話し合いに戻すため、何かする必要がある。そう考えて、ダニーは切りだした。「ふたりともコーヒーが必要だな。休憩にして外へ出よう」

彼はスコットを連れて、迷路のように入り組んだ通路と階段を通り、ペンタゴンの南側にあるロータリー・ロードに出た。朝の四時においしいコーヒーを飲める店はひとつしかない。ダニーは目的の場所を見つけた。一二番ストリートとヘイズ・ストリートが交わる角に、〈カーラズ〉に近づくと、店内の照明がちょうどついたところで、窓に描かれたフランシスコ会修道士のイラストが内側から照らしだされた。ごま塩頭に、鮮やかなブルーの瞳をした小柄な女性が、ドアを開けてふたりを迎えた。「ずいぶん早起きなのね」サッカーチームの子どもたちにゲータレードを差しだす母親のように、彼女はやさしげな顔をほころばせた。

「実は徹夜でね」ダニーは言った。

「なるほどね。それじゃ、ふたりともダブル・エスプレッソにしましょうか」彼女は振り返り、カウンターの奥にいるティーンエージャーに合図をした。少年のほうもコーヒーを飲んだほうがよさそうな顔だ。

ショボショボした目のふたりの男は、小さな丸テーブルについてコーヒーをすすった。機密事項をここで議論することはできず、かといって雑談をする気にもなれなかった。いまこの瞬間、ふたりはお互いを憎んでいた。

スコットは何度かコーヒーをすすったあと、窓に描かれている湯気の立つマグを手に持つフランシスコ会修道士のイラストと、ダニーの手にあるマグカップを交互に見はじめた。「〝GC〟はなんの略だ？」カップに描かれたアルファベットを指差して問いかける。「修道士とも、ここの店名とも関係ないが」

ダニーは肩をすくめた。「ここは前は〈グルメ・クリエーションズ〉って店だったが、そこがつぶれて〈カーラズ〉が入ったんだ。新しいカップができるまで、残っていたものを使ってるんだろう。コストが多少は浮くだろうしね」

スコットはダニーの説明を無言で受け入れると、カップを持ちあげてもうひと口飲もうとした。だが、唇にたどり着く前にその手が止まる。博士の落ちくぼんだ目に、不意に新たな活気が見えた。まるでセカンド・ウィンド（ある程度の距離を走ったあと体が軽くなる状態）を迎えたマラソン・ランナーだ。「さっさとコーヒーを飲んでくれ」スコットが言った。「アイデアがひらめいた」

部屋に戻ったときには、ダニーの腹は煮えくりかえっていた。スコットのせいでコーヒー・ブレイクがすっかり台なしだ。早く飲め、まだなのかと、彼はダニーが飲み終わるまでさんざん急かした。そしてダニーは急かされるのが大嫌いだった。すでに疲れていらいらしていたのでなおさらだ。ペンタゴンへ引き返す道では、スコットは雪道をせかせかと歩き、それについていくのにダニーは小走りにならねばならず、何度も足を滑らせ、何度かは転倒しかけた。いまでは疲れて、いらいらしているのに加えて、汗で服がじめじめしている。真冬のワシントンDCで、朝の四時四五分に汗をかいていていいはずがない。そうだ、絶対におかしい。ダニーは腹立たしげにコートを椅子に投げつけた。「さあ、部屋に戻ったぞ。どんなすごいアイデアなんだ？」

「マグカップにあったGCってロゴについて、きみはなんと言った？」

ダニーはゲームをしたい気分ではなかった。「前の店の在庫品を使ってるんだろうと言った」この部屋の防音性なら、スコットを殺しても悲鳴は外に漏れないだろう。

「そうじゃない、きみは〝残っていたものを使ってる〟と言ったんだ」

「ああ、そうかい、今度は言葉の正確さをあげつらうわけだ」ダニーは室内に視線をめぐらせ、凶器になりそうなものを探しはじめた。この椅子でいいか。コートが汚れないようどかしておこう。

「すでにあるものを使うんだよ」スコットはがらにもなくウィンクした。「転用こそ、新しいシステムの開発をスピードアップさせる方法だ。B－2ステルス爆撃機は何から何まで新しいテクノロジーだとでも思うかい？　いいや、フライ・バイ・ワイヤシステム（パイロットの操作をコンピュータが分析して舵に伝える制御システム。B－2のような全翼機もこれにより安全な航行が可能となった）はF－16戦闘機のものを、そして航法システムはB－1戦略爆撃機のものを転用している。エンジンでさえ、F－16

と同型のやつからアフターバーナーを外しただけだ。あの機体は大部分がすでにあったテクノロジーなんだよ。〝ドリーム・キャッチャー〟も同じやり方を使える」

ダニーはコートを椅子の背にかけなおした。その顔から怒りの表情が消える。ようやく相手の話がのみ込めてきた。「開発期間を短縮するために、従来のテクノロジーと新しいパーツを合体させるってことか？　それだとジェット機版のフランケンシュタインになるんじゃないか」

「まさにそれだ！　たとえば、新しいエンジンを一から作る必要はない。すでに使用されているもので、仕様《スペック》が合うのを探せば……そうだな……グローバルホーク無人偵察機のエンジンがいい。開発目的という名目でいくつかエンジンを購入し、ライト・パターソン空軍基地に運び込ませるんだ」

ダニーは靴についた雪汚れをじっと見つめた。スコットの案は、自分たちが必要としている解決策なのかもしれない。詳細をまとめるのにもう一週間ほしいとウォーカー大佐に申し出るのは気が重いが、費用と時間を削減できるとなれば、大佐も黙諾しなければならないだろう。やがてダニーはエンジニアの期待に満ちた顔を見あげた。

「気に入ったよ。ああ、それならきっとうまくいく」

19

ドイツ　シュパングダーレム空軍基地

七時きっかりに、オソとニックはレッドアイのデスクの前に立ち、最悪を覚悟した。ふたりとも校長の話を待つ生徒の気分で、隊長もそれを知っていた。彼は直立不動の姿勢で立つふたりを丸々二分間無視してから、ようやく存在を認識した。「これがどういうことかわかるか？」文書を掲げてみせる。

「いいえ、サー」代表してオソが答えた。

隊長はその話題を中断して立ちあがると、デスクによりかかって身を乗りだし、ふたりのパイロットに顔を近づけた。「何があった？　バーで喧嘩でもしたのか？」

ふたりはちらりと目を向け合った。ニックは昨日の諍《いさか》いが残した跡にそこではじめて気がついた。オソは右目の下に鮮やかな紫色の痣ができている。そこにパンチを当てたのさえ彼は思い出せなかった。自分の顔の左側が赤く腫れ、それがオソの拳とちょうど同じ大きさなのは知っているが。ふたりは同時に隊長へと視線を戻した。

「シャワー中に転倒しました」

「ドアにぶつかりました」

「ほう……とにかく、私はフランスのミサイル・システムひとつ相手に、A－10《ホッグ》四機を失った経緯を文書で説明するよう、航空団司令に求められた。これはその草稿だ。きみたちふたりも手伝うか？」

オソは口をつぐんでいる。ニックは彼ほど勘がよくなかった。「われわれにはワイルド・ウィーズルのサポートがありませんでした。四機だけで地対空ミサイル《SAM》を相手にしなければならなかったのです」

隊長はニックをじろりとにらみつけた。この場の空気を読めない若輩のパイロットに、明らかに気分を害している。「いまのは質問ではない。それにブレード編隊《フライト》はもとから存在しない」

パイロットふたりは驚いた表情を浮かべ、レッドアイはあきれたように眉を吊りあげた。「気づいてなかったのか？　ふたりとももっと頭が働くと思っていたぞ。きみたちの編隊に追加任務を与えたのは演習計画の一部だ。軍事演習計画委員会から、あのSAMに対抗できる者の選出を命じられ、私は三日前にきみたちふたりの名をあげていた。あれはすべて、われわれの飛行隊が最小限のサポートで、あの手の任務を処理できることを証明するためのものだったんだ。きみたちの行動はＮＡＴＯの参謀レベルが視察していた。きみたちならばあの課題に対処できると考えたからこそ、私はきみたちを選んだのだ。私には人を見る目がないのが証明されたな」

　自分たちの失敗の深刻さを隊長に説明されながら、ニックは顔から血の気が引くのを感じた。演習でいくつか点《ポイント》を失っただけではなかった。自分たちは飛行隊の面目を、母国の面目をつぶしたのだ。ニックの目はカーペットへと落ちた。

「明日、同様の状況下で再挑戦する機会を与えられたが、それにはトラッシュとサイクを当たらせる」隊長は続けている。「あのふたりはきみたちのようなばかはやらんだろう」彼は椅子の背によりかかり、落ち着きを取り戻そうとした。「ＧＰＳの移動記録《トラックデータ》とコクピットのテープ《ＡＶＴＲ》は見直した。私はあの場で起きたことはすべて知っている。だから言い訳は無用だ。ところでニック、オソの編隊の敗滅後、きみは一体どういう理由から、自分の三倍の経験を持つ、空軍兵器学校卒よりうまくやれると考えたんだ？」

　ニックの目がぱっと光り、隊長の視線を受け止めた。それが質問ではないのは今度はわかった。口を閉ざしたままでいたものの、実際、自分はうまくやれたことを指摘したかった。少なくとも、彼は撃墜される前にSAMを撃破している。

「むろん」彼の心を読んで隊長が言った。「撃墜宣言をされる前にきみはSAMを無力化《ニュートラライズ》した、だがあれは第一ステップだったにすぎない」レッドアイの声がしだいに大きくなる。「SAMは脅威だった。ターゲットは空港だ、そしてきみは空港を制圧できなかった。なぜならすでに撃墜されていたからだ！」最後は怒鳴り声だった。レッドアイはそこで言葉を切り、ふたたび椅子の背にもたれ、ひと呼吸置いてふだんの口調を取り戻した。「要するに、きみたちはふたりとも判断ミスを犯して無謀《カウボーイ》な戦術を取った。実際の戦争なら命が失われていたところだ。どうだ、最後の言葉はあるか？」

どちらのパイロットも口を開かなかった。「では、きみたちにはもう用はない。あれがこの飛行隊でのきみたちのラスト・フライトだ」

「どういうことです？」ニックは自分を抑えきれずに勢い込んで尋ねた。

隊長はデスクの引き出しを開け、マニラ封筒を引きだした。それをニックへと差しだす。「思いがけない幸運できみを厄介払いできたということだ。これはホワイトマン空軍基地への転属命令書だ。おめでとう、きみはステルス爆撃機のパイロットに選ばれた。だが、A－10のファイナル・フライトになしだ。これ以上きみのために燃料を無駄にしたくない」

ニックは言葉を失った。すっかりあきらめていた知らせを受け取るには、あまりに恥ずべき形だった。彼はゆっくりと手を伸ばし、レッドアイから封筒を渡された。

レッドアイはオソへと顔を向け、声をやわらげた。「きみにもここを去ってもらう。まだコリンズの死で自分を責めているようだな。私は時間がそれを癒すだろうと考えていた。飛行任務へ復帰して二週間もすれば、きみは吹っ切ることができるだろうと。しかし、うまくいかなかったのは明白だ。昨日きみはアイリッシュ・クロスを避けた。コリンズの事故の再現となるのを恐れたのだ」

隊長はため息をついた。「オソ、きみに必要なのは、もう数回のフライトと少しの時間だけなのかもしれない。だが、そのための燃料と時間を私は持ち合わせていない。9・11で状況が変わった。世界中が脅威にさらされている、そしてわれわれもいつ何《なん》時《どき》戦闘への参加を命じられるかわからない。敵がアフガニスタンであれイランであれ、われわれの旧友サダムであれ、私に必要となるのは優れた判断力を持つ兵装士官だ。そしていまのきみはそれに該当しない。私はこれからいくつか電話をし、以前作っておいた貸しを返させる。何もなければ、ひと月以内にきみをよそへやれるだろう。それまでは事務仕事をやれ」

「どこへ行くことになるんでしょうか、サー？」オソがのろのろと尋ねた。

「若輩の操縦士の世話を焼く気があるのなら、いい場所がある。ツーソン（デビスモンサン空軍基地。第三五五訓練飛行隊がある）でA－10の操縦教官をやれ。そこへ送り込むのは、優秀な教官となる資質をきみに見出したからではない。しばらくきみを戦闘に近づけさせないためだ」

隊長は卓上の書類に視線を戻した。「話は以上だ。ふたりともさがっていい」

20

隊長の執務室をあとにし、ニックはフィットネス・ルームへ直行した。自分がここでの飛行任務を解かれたことが信じられなかった。たった一回とはいえ、彼が失ったのは大事なフライトだ。戦闘飛行隊でのラスト・フライトは、そのチームに与えた貢献を称《たた》えられて、仲間たちに送りだされる晴れの舞台だ。そんな重要なフライトを最初に配属された飛行隊で認められなかったことは、在軍しているかぎり彼のキャリアに影を落としつづける大きな辱《はずかし》めだった。ニックは最後の角を曲がると、フライトスーツのファスナーを腰まで引きおろし、両腕を袖から抜きだした。

フィットネス・ルームの両開きのドアを押し開けたときには、すでに腹のところで袖をしっかり結んでいた。ニックはサンドバッグへとまっすぐ向かった。拳にテーピングもせずに、目の粗いキャンバス地を殴りはじめる。

パンチを飛ばしながら、興奮と怒りの前にフォームとテクニックはしだいに忘れ去られた。古いキャンバス地は紙ヤスリのようにむきだしの拳をこすり、すぐにパンチを繰りだすたびにサンドバッグに点々と血が散るようになった。

ニックはサンドバッグに怒りを叩きつけた――九月一一日の報復をする機会を失った怒りを、飛行隊の仲間を失った怒りを、フランス人の前で面目を失った怒りを。だが何より彼の中の怒りは血まみれになるまで何かを叩きのめすことを求めていた。たとえそれが自身の拳であってもだ。

やがて両腕が痛んで重くなり、あげることができなくなると、ニックは乱打をやめた。血だらけになった自分の拳を見て、これほどの怒りがどこから来たのだろうと彼は自問した。これが自分なりの哀悼《あいとう》だろうか？　何ごともなかったように日常に戻った自分のかたわらで、オソはいまもコリンズの死を引きずっている。それを目の当りにすると、ニックは羞恥の念に駆られた。いまでさえ、コリンズの死を嘆く気持ちよりも、若者の死を避けられなかった自分の力不足を嘆く気持ちのほうがはるかに大きい。そう気がつき、彼はそんな自分がいやになった。

ニックの心の一部は、ベヒンゲン近郊で燃えあがるあの機体の中でコリンズとともに失われた。完全無敵な自分、火傷《やけど》ひとつ負わずに炎の中を歩けた自分はいまや消え失せ、心の中に空白ができたのを彼は感じた。かつての自分は、あんな事故は一マイル先からでも予見できると思っていた。しかし、実際にはそんなことはできず、自信に満ちあふれた自分は肝心なときに雲隠れし、その後、戻ってこようとしなかった。

ニックはタオルをつかみ、キャンバス地についた血をぬぐおうとしたが、中にまでしみ込んでいた。血痕《けっこん》は永遠にここに残るだろう。彼はあきらめ、手を洗おうとトイレへ歩いていった。血を洗い流す水はそれと同時に傷口を開き、痛みに顔をしかめた。ニックは思わず両手を引っ込めそうになるのをこらえた。痛みがなければ、癒されることもないのは知っていた。

第二部　〈改良〉

21

ミズーリ州中部
二〇〇二年一二月二七日

ステルス機を配備された航空団への転属は、ニックにとって大きな失敗となった。世界最先端の航空機のひとつである機体の操縦は、またとない経験となるはずだった。しかし、一年近く経ったあとも、彼はまだ一度もＢ－２ステルス爆撃機を操縦したことがないままだ。

そしていま、その機会は永遠に失われかけていた。

「緊急着陸機、コールサイン、ファスト・ツー・ワンへ。こちらは消防車が出動、滑走路は閉鎖済みです。ほかに必要な支援はありますか？」

「いいや、地上からエンジンの消火ができるなら別だが、地上管制《タワー》。こちらは着陸接地点《タッチダウン》まで残り三マイル。着陸許可を要請する」

「着陸を許可します、ファスト・ツー・ワン。幸運を」

ステルス機の実戦部隊、第五〇九爆撃航空団に受け入れられたものの、ニックの飛行経歴はB－2の訓練を開始できる最低時間に届いていなかった。よって航空団司令官は彼に飛行経歴を積ませるため、代替練習機《コンパニオン・トレイナー》プログラムの教官を一年間務めるよう命じた。このプログラム自体はB－2の正規パイロット用で、彼らは空を飛ばせるだけでも費用がばかにならないB－2の代わりに、一九六〇年代にノースロップ社が産みだしたT－38練習機、通称タロンを使って追加の飛行時間を稼ぐ。ニックの仕事は、基地に配属されたばかりのパイロットに、この流線型の小型複座機の操縦を教えることだ。

超音速機を飛ばすのはパイロットのあこがれとはいえ、ニックにとってこの仕事はステルス爆撃機に乗るまでのつなぎでしかなく、おもしろいものではなかった。彼はビン・ラディンとその組織網《ネットワーク》の動きを追いつづけた。アル・マジドがまだ潜伏していると考えられているイラクでは、緊迫した状況になっていた。自分も追跡に加わりたいと切望しても、練習機で同じ飛行パターンを延々と繰り返しているかぎり、そんな機会がめぐってくるはずはなかった。

そうやってニックに軽視されているのを、小型ジェット機に感じ取ったのかもしれない。一〇分前、T－38練習機は彼に牙をむいた。新任のB－2パイロットを前部座席に乗せて離陸した直後、二基あるエンジンの片方から出火したのだ。

　ニックの視界の下方で何かが点滅した。防眩板《グレアシールド》（計器盤上部の出っ張った部分。外光が当たるのを防ぐ。前縁部にスイッチ類が配置されている）上の赤い火災警告灯が不規則にまたたいたあと、消えた。

「火が消えた！」B－52戦略爆撃機から機種転換したばかりで、みなからはモーターと呼ばれているパイロットが報告した。「消火剤でなんとかなったようだ」

　ニックは計器盤を見おろした。タービン吸入口にあるエンジン温度計の針は振り切れたままだ。エンジン火災がおさまったのなら、針は戻るはずだった。キャノピーのフレームについているリアビュー・ミラーで確認すると、機体の背後からは黒い煙がなおも流れている。急いで火災検知器を試したが、やはり彼の恐れていたとおりだ。

「違う《ネガティヴ》。まだ燃えている。警告灯が消えたのは火災検知《センサー》システムが焼き切れたからだ」

「まずいってことか？」

「火が燃料タンクに近づいているってことだ」ニックは滑走路までの距離を調べた。あと二マイル。「いいか、ぼくは後部座席から操作して着陸する。そっちはスロットル・ゲート（練習機の前席スロットル・レバーについているストッパー）を解除し、着陸と同時に、残っているエンジンを停止してくれ」

「残りのエンジンはブレーキを作動させるのに必要だろう？」

「まだ非常ブレーキがある。それで停止できる。タッチダウン後はすぐに脱出する必要があるんだ、それにはエンジンを早く切ったほうがいい」

滑走路のタッチダウン・ゾーンがコクピット窓の前でしだいに大きくなっていく。後部に座るニックから見ると、T‐38練習機のノーズコーンと同じ幅だ。つまり、残り一・五マイル。速度と高度はまだ順調に保たれていた。これなら着陸は成功する――火事がそのチャンスを与えてくれれば。

「三五ノット（時速約六五キロ）にまで減速したら、キャノピーを開けるんだ。それで抗力《ドラッグ》を付加する」ニックはモーターに指示した。「機体が停止したら、すぐにハーネスを外して外へ出ろ。脱出の時間はあるかないかだぞ」

あと一マイル。これなら着陸までもちそうだ。ニックは再度ミラーを確認した。今度は炎が機体左側を舐《な》めているのが映った。火は前方へと進みつづけている。地上では消防車が第一誘導路で待機しているのが見えた。機体が停止する地点は彼らがいる場所のはるか先になるだろうが、中央で待たれてはニックが操縦不能に陥った場合に激突しかねない。それではあまりに危険が大きすぎた。ニックが通過するのと同時に、消防車対炎の、死にもの狂いの競争が開始する。

「舌をかむなよ。スピードを殺すためにハードランディングする」

舗道が機体の下を流れ、ニックは降着装置《ランディングギア》を地面に叩きつけた。即座に一五ノット(時速約二八キロ)減速する。「いまだ、モーター！」

モーターが無事なほうのエンジンを停止させた。あとは非常用ブレーキが残されただけだ。ニックは機体をまっすぐに保とうと、ステアリング・ペダルを必死で踏みつけ、こわばった両脚の筋肉が熱くなった。だが、ここで足を放すわけにはいかない。非常用ブレーキが作動するのは一度かぎりだ。もしも足をあげたら、機体を止められるものはもう何もない。滑走路のなかばでニックたちはキャノピーを開けた。抗力が追加され、ジェット機はようやく停止した。けたたましいサイレンとともに、消防車がこちらへ急行するが、まだ何百メートルも離れている。ニックはヘルメットとハーネスを急いで外し、コクピットの右側にのぼって地面に飛びおりた。モーターも彼の横に続く。炎は左の翼をのみ込み、コクピットにほぼ到達していた。

全速力で走るふたりのパイロットは、爆風で地面へと叩きつけられた。転がって振り返ると、炎と黒い煙がキノコ雲となって空へ昇るのが見えた。熱風が襲いかかり、ニックは腕で顔面を守った。走りよる消防車に搭載されたポンプから白い泡消火薬剤が放射され、炎を抑え込もうと奮闘する。

ニックの隣でモーターがうめき声をあげて転がり起きた。しばらくのあいだ消火活動を見つめたあと、ニックの腕をぽんと叩く。「教官、こりゃあ始末書を書くのに苦労しそうだ」

22

パイロットふたりは、基地にある空軍病院で全身を調べられて事情聴取を受け、そのあと帰宅の許しが出た——ニックにとってはドイツでの経験の繰り返しだ。ふたりの体に異常はなかったものの、聴き取りの内容から、あの爆発では練習機一機が失われただけでなく、滑走路のそばにあった空港警備と無線航行の両設備に数万ドルにのぼる被害が出たことが徐々にわかった。まだ採血も終わらないうちに、パイロット仲間の噂話がニックの耳に届いた。航空団司令は彼に激怒しているそうだ。あのフライトではニックが教官だ。事故は彼の責任となる。

翌朝、眠れない夜の前後にシャワーを浴びたにもかかわらず、ニックの鼻腔《びこう》にはジェット燃料が燃えるにおいがこびりついていた。きっと永遠に取れないのだろう。彼は代わりに口で呼吸して階段をあがり、訓練飛行隊の二階にある自分のオフィスへと向かった。ドアを閉めて椅子に崩れ落ち、誰かが卓上に積みあげた書類の山を見つめる。おそらくモーターが置いていったのだろう。

書類に目をやると、航空安全部門用に、管制部門用、警備部門用に、整備部門用とある。基地にあるすべての部門が事故の報告書を提出するよう彼に求めていた。そしてそれをすべて記入し終えたら、自分は湿った薄暗い部屋へと追いやられ、そこで短いキャリアを終えるのを待つばかりとなるのだ。訓練を受けさせてもらえれば、情報士官として出直せるかもしれなかった。それならアルカイダ関連の調査を続行できる。人生の落伍者《らくごしゃ》にも暇つぶしは必要だ。

　一年のあいだに二度の大事故。ニックは書類の横にあるペンへと手を伸ばした。そこでぴたりと静止すると、その手を引っ込め、書類の山へとゆっくりとうなだれた。せっせと自分の墓穴を掘る作業の前に、少しぼんやりする必要があった。

　冷たい紙面に額が触れるなり、電話がけたたましい呼び出し音をあげ、ニックははじかれたように背中を起こした。彼はデスクの隅にある旧式の電話を忌々しそうににらみつけた。「どうして先にプラグを抜いておかなかった?」さらに三度鳴るまで待ってから受話器を取りあげる。「T－38練習機のデスク、この通話は機密保全《アンセキュア》されていません」

「ニックか?」しゃがれた声は間違いなく作戦部長ドラッグのもので、その響きは不穏だった。

　ニックは声を改めた。「イエッサー。ご用でしょうか?」

「いますぐ私の執務室へ来い」

お断りします。ニックは頭の中で即答した。だが、ドラッグに逆らうほど彼は愚かではない。わかりましたと告げ、廊下の奥にある部屋へとすぐさま向かう。事故についてドラッグがじきじきに問い詰めたがることぐらい予期すべきだった。

他人を威圧するために作られたかのような体の持ち主がいるものだが、ドラッグはそのひとりだ。筋肉質ではないものの、彼は異様なほどに背が高く、その顔立ちは鷹《たか》を思わせた。部下に話すときには鋭い鼻先を相手に向け、これから食べる野ねずみを品定めするかのように、ふさふさした眉の下から黒い瞳で見おろす。また、厄介なことに彼には喫煙癖があった。このチェーン・スモーカーの中佐は、背中を折り曲げて自分の餌食《えじき》の鼻先に顔を近づけて罵倒《ばとう》の言葉を浴びせるのを好み、タバコくさい息のせいでこちらは息ができなくなるのだ。

ニックは作戦部長の執務室の前で足を止め、最後にもう一度清浄な空気を吸ってから、力なくノックした。

ドアが開き、ニックを突き飛ばさんばかりの勢いでドラッグが出てきた。「ついてこい」

ニックは上司のあとに続いて廊下をさらに進み、鋼鉄製の巨大な両開きのドアの前で止まった。奥にB－2ステルス爆撃機の任務計画室があるのは知っているが、まだ足を踏み入れたことはなかった。ニックのクリアランス・レベルでも入室は許可されているものの、これまで中へ入る用はなく、入室制限されている部屋に用もなく出入りしないというのがこの航空団の不文律だ。

「開錠したことはあるか？」ドラッグはドアの横にある認証システムを示しながら尋ねた。

「いいえ、サー」ニックは答えた。

「せっかくだ、やってみろ。きみの入室は許可されているはずだが、手違いということもある。きみがやって開くか確認しておこう」

ニックは赤い小さなタッチ・スクリーンに親指を押しつけ、キーパッドに自分のパーソナル・コードを入力した。金庫を思わせるドアがカチリと音を立ててわずかに開く。ドラッグはドアを押してニックを中へ通した。ふたりが立っているのは灰色の長い通路の入り口で、通路に沿って部屋が並んでいる。行き止まりにある重厚なドアには、白い大きな警告板が貼られていた。そこには赤い文字でこう記されている。

緊急用非常口――ドアを開けると非常ベルが鳴ります――致死性武器《リーサル・ウエポン》の使用が許可されています

ニックは顎で警告板を示した。「火事になったら、焼け死ぬか射殺されるかの二択ですか？」

ドラッグは彼の軽口を無視した。「ここだ」右側にある鋼鉄製の別のドアを指す。「このドアはきみには開けられない。開けられる者はそういないな」

そこは掃除用具入れほどの広さしかなく、中にあるのは頑丈そうな金庫と机、二脚の椅子、それに大型シュレッダーだけだ。ドラッグは金庫のダイヤルをまわすと、中から薄い書類の束を出して机に置き、自分は奥の椅子に座った。そして両手を組んでニックを見あげる。

ニックはうんざりとした声で言った。「こいつはすごい、追加の始末書はこんなところに保管されているんですね」いまや空軍での未来はなくなり、彼は上司の前でもかまわずに皮肉を口にした。

「沈黙は金ということわざを聞いたことはあるか、中尉？」

「あります、サー」

「では実践しろ」

ニックは黙ってうなずいた。上司に向かって皮肉を漏らすのは少しばかり早すぎたらしい。

「よく聞け」ドラッグが続ける。「ここにある書類は昨日の事故とは無関係だ。早い話、あの件に関する報告書はすべて処理済みだ」

「ですが自分はまだサインも――」

「いいや、きみのサインは入っている」ドラッグは片手を払い、ニックの言葉をさえぎった。「困難な状況下で自分と同乗者の命をいかに救ったのか、きみは慎ましくも正確な言葉で詳述した。あれできみに勲章を授けないようなら、航空団司令官はおおばかものだ。そしてすべての提出書類の最後には、きみがここへ到着してからほかの文書に記したものとまったく同じに見えるサインが入っている」

ドラッグの目が細くなる。「さて、もうひとつきみのサインが必要なものがある。ここへ連れてきたのは、きみにこれを読ませ、現在のセキュリティ・クリアランス・レベルよりはるかに上の計画に引き入れるためだ」書類の横にペンを置く。「あとはきみのサインが必要なだけだ」

ニックがペンに手を伸ばすと、ドラッグはさっと取りあげた。

「そう急ぐな。これは気軽にしていい決断ではない。なんのためのクリアランスかさえわかってないだろう。きみはある任務のために選ばれた。だが、自分が何をしているのか、どこへ行くのかは誰にも言えなくなる。きみの妻にさえだ。実際、妻とは長期間、離ればなれになることもあるだろう、そしてその理由をきみは彼女に話すことはできない」

ドラッグはふさふさした眉を吊りあげた。「きみが心を決めるまでは、任務内容やその場所、期間についても私からは説明はできない。現時点で私に言えるのは、きみはいまこの場で決めなければならないということだけだ」

ドラッグはペンを取りあげ、一番上の文書をとんと叩いた。「第一選択肢《オプション・ワン》――きみは一番上のこの書類にサインをする。それでこの会話はなかったものとなり、われわれは二度とこの話をしない。きみはひと月後にはB‐2ステルス機の訓練を開始――」片手をひらひらと振ってみせる。「できるかどうかはわからないな。なにせきみは航空機を一機、吹き飛ばしたばかりだ」

「ですが、さっきは――」

「第二選択肢《オプション・ツー》」ドラッグは続けた。「きみは一枚目の紙はシュレッダーにかけ、その後、そこの椅子に座って下の書類に目を通し、サインをする。きみがオプション・ツーを選択すれば、私はきみに伝えることが数々ある」彼はペンを差しだした。「どうする？」

ニックは一枚目を取りあげ、シュレッダーに差し込んだ。そしてドラッグからペンを受け取り、椅子に座って残りの書類を調べはじめた。

作戦部長はうなずいた。「いい選択だ。実にいい選択をした」

23

マーフはコクピット越しに身を乗りだし、B－2の位置を示す戦術状況ディスプレイを指差した。「攻撃目標《ターゲット》まで残り三分。搭載武器のステータスは異常なし《グリーン》だ」

「了解《ラジャー》」ドレイクの返事は小さなうなり声だ。彼は目の前にある画面に意識を集中し、上昇して、レーダーを放射するタイミングを計算していた。操縦桿を慎重に操作し、自動操縦《オートパイロット》のスイッチを切る。この攻撃は手動操縦で飛ばねばならない。B－2爆撃機のオートパイロットがいかに優れているとはいえ、ここまで細かな角度の調整を連続で行うのは無理だ。そう、これほどの低高度で飛行しているときには。コクピット窓の外を暗い地形が飛び去っていった。電波高度計が示す地上までの距離は二〇〇フィート（約六一メートル）しかない。

「あと二分」マーフが言った。「爆弾《ウエポン》は両方とも投下位置《イン・ポジション》にある。目標着弾点は複合施設中央にある四角い建物ふたつだ」

ドレイクは衛星画像にちらりと目を落として十字線《クロス・ヘア》の位置を覚え、合成開口レーダーがこれから画面に映すものと一致するよう願った。

「三〇秒。攻撃目標《ツー・ターゲテッド》ふたつ、どちらも命中可能《ツー・アチーバブル》。射程範囲内に進入《イン・レンジ》」

「攻撃機動を開始する、スリー、ツー、ワン……」ドレイクは機首を引きあげ、レーダーを作動させた。数秒のうちに画面に地形図が標示される。クロス・ヘアは衛星画像のものとぴったり重なった。「ターゲット確認」

マーフが自動投弾の操作を開始する。数秒後、コンピュータは爆弾倉の扉を開け、爆弾を吐きだした。「爆弾投下《ウエポンズ・アウェイ》、成功《クリア》」彼が報告する。

〝成功〟という言葉と同時に、ドレイクは機体を横に倒し、鼻先で地平線をなぞるかのように急降下した。高度計に標示される数字がまたたく間にさがり、落ち着き払った女性の声が〝地表接近《テレイン》……地表接近〟と警告し、降下を中断して高度二〇〇フィートで水平飛行に戻るよううながす。微《かす》かなふたつの閃光《せんこう》が暗い空を照らし、彼らの背後で爆弾が着弾したことを示した。

ドレイクはオートパイロットのスイッチを入れ、マーフに視線を向けた。「またまたグッジョブだ。敵はこっちの接近にまったく気づいてなかった」

「ああ。うまくやった」マーフはそう返して、クリップボードに記入した。それを終えると操縦席によりかかり、ドレイクへ手を伸ばして握手する。「おまえさんの検定飛行は、これをもって終了だ、中尉。おめでとう。これからはB‐2ステルス爆撃機の機長だ、Ｂ－２の機長としては史上最年少だな」両手をこすり合わせる。「それじゃあひとつ、フライトで祝ってやるか。クールなやつを見せてやろう」

「そのセリフと」警戒した声でドレイクは言った。「〝大丈夫に決まってるだろう〟ってやつ、それに〝そら、おれのビールを持ってろ〟っていうのは、自分が乗ってる飛行機のパイロットには絶対に言ってほしくない台詞《せりふ》のトップ・スリーですよ」彼は口をすぼめた。「あともうひとつ何かあったな」

マーフはスロットル・レバーに手を置き、ふたたびオートパイロットのスイッチを切った。「こいつを見て《ウォッチ・ディス》ろよ」

ドレイクは自分の腕をぴしゃりと叩いた。「ああ、それだ」

年上のパイロットはレバーを限界まで押し込んで操縦桿を前に倒し、ドレイクはダッシュボードにしがみついた。最大速度、そして地上からほんの五〇フィート（約一五メートル）で、ステルス機が急上昇する。

高度計の数字は五〇〇〇、六〇〇〇、七〇〇〇フィートとめまぐるしく変わり、ドレイクはどんどん不安になりながらそれを見つめた。一万フィートに達すると、マーフはスロットル・レバーをアイドルに戻し、操縦桿を今度は左へと倒した。

「うわっ！」ドレイクは叫んだ。「正気ですか？」

「任せとけ」

Ｂ－２が完全に背面姿勢になった頃には、機首は地平線のずっと下にあり、機体は暗い大地目がけて加速していた。マーフは機体にかかったマイナスＧを利用して急降下を制御し、さらに横転《ロール》を続けた。機体がふたたび水平になったところで一気に機首を引きあげ、今度はＧを上限までかけて高度二〇〇フィートでの水平飛行に戻る。彼はドレイクに顔を向けてウィンクした。「こうやってやるんだ。爆撃機はロールできないなんて誰が言った？」

突然、コクピット窓の外の世界がフリーズし、機体が中空で静止したかのようになった。ぱっと照明がつき、ふたりのパイロットはまぶしさに顔をしかめてうしろを振り返った。開いたドアの前に、異様に背の高い人影が見える。男は怒りも露わにコクピットに足を踏み入れると、どこにでもありそうなそのドアを叩き閉めた。

「私の模擬飛行装置《フライト・シミュレータ》で何をやってるのか、説明するのはどっちのうすらばかだ？」ドラッグが怒鳴った。機嫌のいいときでもじゅうぶんに恐ろしい作戦部長がいまは激怒している。

「あの……サー、その……」ドレイクは言葉が出てこなかった。

マーフが助け船を出す。「サー、われわれは検定飛行を終え、機体の可能性を試していたところでした」

「ごまかすな。きみたちはこのシミュレータで遊んでいたんだ。これを動かすのに、一時間当たりいくらかかるか知っているのか？」

ドレイクとマーフは決まり悪そうに肩をすくめた。

「きみたちふたりの日給をはるかに上回る」作戦部長は鷹のような目でマーフをにらみつけた。「それに、きみは私同様よく知っているな。いまやったようなことはB−2ステルス爆撃機の実機では不可能だ。実際には傾斜角《バンク》が自動で制御され、あんなロールはできない」腕を組み、ふたりを交互に眺める。「昨年のアフガニスタンでの任務、そしてそれで得た勲章により、好むと好まざるとにかかわらず、きみたちふたりはこの爆撃飛行隊のリーダーとなった。シミュレータで遊ぶのを許される立場ではないということだ。わかったか？」

「イエッサー」ふたりは声を揃えて返事した。

「よろしい。マーフ、後片付けをしろ。ドレイクは私についてこい。サインをしてもらう書類がある」

ドラッグのあとに続いてシミュレータの外へ出ながら、ドレイクは〝書類〟というのは、遊んだ分のシミュレータ利用費の請求書だろうかと不安になった。ほっとしたことに、作戦部長は彼を任務計画室がある一角の狭い部屋へと連れていき、セキュリティ・クリアランスに関する書類を手渡した。ドラッグは彼に奇妙な選択肢を与えた。新たに提示されたクリアランスを断るか、黙ってサインして自分の日常生活を軍に差しだせ、と。

24

オハイオ州　ライト・パターソン空軍基地
二〇〇二年一二月三〇日

〈カーラズ〉での啓示から一一カ月後、ダニーはスコット、それにドリーム・キャッチャー開発チームの主要メンバーとともに〝スペクター・ブルー〟の狭苦しい会議室に集まり、ウォーカー大佐のいつもの恐ろしげな渋面を前にして、縮みあがりそうになるのをこらえていた。

チームは不可能にしか思えなかった納期を、さらに丸々三週間短縮させるのに成功した。紙飛行機は現実のものとなった。だが、ウォーカー大佐はまだそれを見ておらず、全員が緊張気味だった。

「ウィンザー大将から伝言を預かっている、出席できずに申し訳ないとのことだ」大佐が告げた。「ここへ来たいのは山々だが、大将みずから赴けば無用な注意を引くことになるからだそうだ。誰が見ているかわからんからな。つまり、きみたちの仕事の審査役は私に託された。私をうならせてみろ」

　ダニーはスコットに顔を向けて片方の眉をあげた。「はじめるぞ」ささやいて立ちあがり、メンバーが座っている椅子のうしろを通って部屋の奥へと行く。「こちらです、大佐」そう言ってドアを開くと、奥には闇が広がっていた。

　ダニーはウォーカーとメンバーを引き連れて、巨大な格納庫を横切った。床は鏡面を思わせるポリッシュ・コンクリートで、広々とした空間に彼らの靴音が響く。格納庫の中央では、天井から注《そそ》ぐやわらかな白い光の柱が、アルミ製の枠にかけられたバーガンディ色のカーテンを照らしだしていた。まるで間に合わせの除幕式だ。

　一行がそこへたどり着くと、ダニーは短いスピーチをすべきかなとも思ったが、リチャード・T・ウォーカー米国陸軍大佐が短気なのは知っていた。彼はシンプルにこう言うだけにした。「ウォーカー大佐、これがドリーム・キャッチャーです」カーテンを引っ張って取る。

　真ん中に低い台座があり、その上にはスピードボートよりもやや大きい、未知の物体《エイリアン・オブジェクト》がのっていた。黒い表面《スキン》は天井からの照明を吸収し、目に見える反射はない。横から見ると平べったい涙滴《ティアドロップ》型で、機首先端からすっとふくらみ、最も厚みのある箇所から徐々に薄くなり、とがった尾部で終わっている。上から見た姿は丸みを帯びた三角形で、見たところ胴体と両翼の境はない。垂直尾翼や突起物、角張ったところは何ひとつなかった。なめらかな傾斜と流れるような曲線が機体全体を形作っている。昔ながらのエンジン室とは違い、空気取り入れ口と排気口までが機体の形に溶け込んでいた。

「ほう、これがドリーム・キャッチャーか」ウォーカーが言った。

「正確には」スコットが口を開く。「この機体の技術的名称は〝低視認性偵察機《ロー・オブザーバブル・リコネサンス・エアクラフト》〟、略してLO《ロ》RA《ラ》です。ドリーム・キャッチャーというのはもともとなったコンセプトの名称で、LORAは攻撃目標《ターゲット》の上空で信号を傍受するその用途を表しています」

ウォーカー大佐はスコットを見据えた。「博士、LORAではぱっとせんし、おもしろみがない。われわれはこれをドリーム・キャッチャーと呼ぶ。かつて戦略航空軍団《SAC》では派手な名称が好まれたものだ。秘密作戦においては、われわれはいまなおその傾向を受け継いでいる。受けがよければ金の流れもよくなるからな」ほかのメンバーに向きなおる。「エンジン収容部分がシグネチャー（その機体が発する電波、光など、存在を敵に探知される要素）に与える影響は？」

「ゼロです、サー」アマンダ・ナヴィストロヴァが返答した。「設計段階でその点は解決済みです。われわれはあらゆることを考慮に入れたなどと言うのは愚か者だけだ。

大佐は眉根をよせた。「あらゆることを考慮に入れたと断言しましょう」

さて、操舵面《そうだめん》（各翼の可動部。これにより機体の姿勢を制御する）が見当たらんのはどういうことだ」

アマンダが答えようと口を開くが、言葉が出ない。これまでこんな口の利き方をされたことがないんだろうなとダニーは思った。「操舵面は外皮《スキン》の下にあります、サー」呆然《ぼうぜん》としている彼女に代わって返事をする。「機体の外周全体が飛行操縦翼面で、全部で二一面から構成されています。翼縁のスキンには柔軟性を持たせ、内蔵されている動翼の動きに合わせてひらひらと波打つようになっています。水族館で見るアカエイの動きによく似ています」

「ずいぶんユニークだな。そのアイデアはどこから来た？」

「実のところ、主翼全体をねじって操縦する〝たわみ翼〟のアイデアはライト兄弟が思いついたもので、彼らは鳥の飛翔《ひしょう》を観察していてひらめいたそうです。ですから、神のアイデアとも言えるでしょう。われわれはそのデザインを模倣したまでです」

「ふむ」ウォーカーはすでに自身の質問に興味を失ったかのようになった。身を乗りだし、スキンに顔を近づける。「センサー窓はどこにある？」

「ボブ、照明を」ダニーはにやりとして言った。メンバーのひとりが金属製の骨組みがむきだしになっている壁へと歩き去り、スイッチをさげた。格納庫が完全な闇に包まれる。続いてカチッと音がし、電気がブーンとうなる低い音があたりに満ちた。壁のてっぺんにある四つのブラック・ライト（紫外線を放射する電灯）が点灯し、微かな紫色の光で台座全体を照らした。黒一色だったドリーム・キャッチャーのスキンが、菱形《ひしがた》と台形を組み合わせた紫色のパッチワークに変化する。

　ダニーは芝居がかった動作でさっと手を振った。「アブラカダブラ、さあて、ご覧あれ」笑いを期待して間を取るが、大佐にいらいらとにらまれただけだ。

「ごほん……その、それでは、ご覧のように、このスキンは肉眼では同一の質感と色に見えますが、実際は複数の異なる素材から構成されています」機体に近づき、側面に表れたいくつかの形を指差す。「たとえば、個々のセンサー窓に使用されるスキンの合成物はそれぞれわずかに違い、赤外線画像や無線信号など、必要なシグナルを内部のセンサー・パッケージに伝えられるようになっています」

　スコットも加わり、機体の底部にある台形のパネルを身ぶりで示した。「加えて、ＬＯＲＡ……あっと……ドリーム・キャッチャーには、油圧やエンジン系統など、通常の飛行装置のための整備用パネルが設けられているんです。それらにも基本構造と同じ材質が使われていますが、パネルの枠は――密封装置《シール》と呼びましょうか――特別な物質でコーティングされ、それぞれ特定の光の波長に反応します。光を用いることで、パネルの輪郭が容易にわかるんです」

「それで……」大佐はさらに顔を近づけて言った。「どうやって開けるんだ？」

スコットはボブに合図し、白色光に戻させた。それから折りたたみ式テーブルの上にあるラップトップへと歩みより、いくつかキーを押す。小さなスタンドに設置された小型のパラボラアンテナがぐるりと頭を振って機体のほうを向いた。鋭い音がしたかと思うと、いきなりパネルが開き、ウォーカーは飛びのいた。機体の内部から霧のようなスモークがゆっくりと流れだし、絡みあった配線や、ブレーカー盤が露わになった。

「いまスコットがリモート・コントロールで開けたのは、左側後方のアビオニクス・パネルです」ダニーは説明した。「パネルの縁と機体側の枠は、粘着性の高い同一の素材でコーティングされており、パネルが閉じるとこのシールで継ぎ目なく密閉されます。パネルを開ける際は、内側に設置された小さなボトルからフロンガスを噴射し、シールを冷却して分離させるんです」

「すばらしい」ウォーカーがうなり、ダニーの顔に笑みが浮かんだ。彼のチームは本当にこの堅物《オールド・アイアンサイズ》をうならせたのだ。「試験飛行ができるまで、あとどれほどかかる？」

ダニーが視線を向けると、スコットは小さくうなずいた。「いますぐはじめられます、サー」ダニーが告げる。「飛行試験場はどこを使いましょう？　ユタにしますか、それともカリフォルニアがいいでしょうか」

ウォーカーは機体からチームのメンバーへと向きなおった。「どちらでもない。試験場なら別の場所がある」

25

ニューメキシコ州のどこか
二〇〇二年大晦日《ニューイヤーズ・イブ》

「真正面だ」C－130輸送機ハーキュリーズの機長はエンジン音に負けないよう声を張りあげた。その笑顔は暗視ゴーグルの微かな光で不気味な緑色に染まっている。

ダニーは吐き気のせいで笑みを返すことはできなかった。自分ときたら、いつになったら学ぶんだ？　すぐに試験飛行できますなんて言うからこうなるんだ。もっとも、二、三日あとにしてくださいと言える状況ではなかったけど。おかげでうるさくて空調の悪い輸送機に乗せられて大晦日《おおみそか》を過ごし、長時間のフライトで泣きたくなるほど退屈して、いまにも吐きそうになっている。「真っ暗で何も見えない」ダニーは目を細くしてコクピット窓の外を凝視し、怒鳴り返した。

「ああ、失礼。これを使ってくれ」機長は単眼の暗視鏡を渡した。「それから、そこにあるフライト・エンジニア用の席に座って、ハーネスを締めてくれ。ここの滑走路はちょっとでこぼこでね」

ダニーは機長席と副操縦士席の後方中央にある座席に腰を落とし、ベルトを締めた。快適な座席とは言えないが、少なくともクッションはある。ナイロンのネットを張った、貨物室の簡易座席にずっと座っていたあとではありがたかった。彼は単眼暗視鏡のスイッチを入れ、パイロットたちの肩越しに前方をのぞいた。そこにはすっかり忘れ去られた小さな飛行場がぽつんとあった。滑走路の端から端までいくつも並ぶ大きなXの印が、ダニーの単眼鏡の中で明るい緑色に浮かびあがる。この空港は閉鎖されて使用不可能だと、民間機と軍用機両方の操縦士に警告するための印だが、民間人への注意はほとんど必要なかった。この空港は砂漠の中の窪地《くぼち》にあり、ホワイトサンズ・ミサイル実験場にホロマン空軍基地、それにビグス・アーミー飛行場に囲まれているため、一万平方マイル（約二万六〇〇〇平方キロメートル）に近い進入禁止空域に守られているのだ。

出発前に、ウォーカー大佐はこの飛行試験場の歴史についてダニーに話してくれた。ここは全盛期にはビグス・ノース・ワンと呼ばれ、F－86ジェット戦闘機セイバーで朝鮮戦争へ出撃するパイロットたちの訓練施設として使用された。その後、B－52戦略爆撃機の射爆場となり、不発弾が残っている可能性があるとして、危険地帯に指定された。

当時のビグス・ノース・ワンを知っている者はほとんど退役し、小さな飛行場も、砂埃と風にゆっくり浸食されて歴史の中へ消えていく途上に見えた。だが、外見と中身が違うのはよくあることだ。ビグス・ノース・ワンはいまも飛行場として使われている。新しい名前を与えられて。

「ロミオ・セヴンへようこそ」輸送機の機長が声を張りあげた。

輸送機はフェンス・ラインを越えたところで、小さな駐機場《エプロン》とその横に廃屋らしき建物、古びた格納庫ふたつが見えた。どれも明かりひとつついていない。「実際の施設はどこにあるんだい？」ダニーは尋ねたが、パイロットたちには聞こえなかったらしい。それか忙しすぎて返事ができないかのどちらかだ。機長は滑走路に視線を据えたまま慣れた手つきで操縦し、その右側の副操縦士は暗視ゴーグルの下でコントロール・パネルへと視線を落とし、電波高度計に標示される高度を読みあげた。「二〇〇……一〇〇……五〇……三〇……一〇……」

ゆっくりとした一回の動作で、機長は手際よく操縦輪を戻すと、スロットルをアイドルに絞った。主脚が接地する振動がどすんと伝わり、前脚が舗道をとらえた衝撃がそのすぐあとに続く。滑走路がでこぼこだと機長が言ったのは冗談ではなかった。輸送機は道なき道を走る四輪駆動車のように機体をはずませたあと、徐々にのろのろ歩きへと減速した。機長は暗視ゴーグルを使用したまま、滑走路の片側へ機体をよせ、そこから建物のほうへと向きを変えた。荒廃した古い格納庫のひとつの前で機体を停める。

「エンジンは停止させないのかい？」ダニーは声を張りあげた。

「ああ。万が一、エンジンが一基でも再始動しなくなった場合を考えると、停止させる危険は冒せない。陽がのぼったときに、この機体がここにあるわけにはいかないんだ。きみたちが降りたら、われわれはすぐに去る」翼のほうへうなずきかける。「だが、プロペラには注意してくれ。首がすぱっと飛ぶぞ！」

乗せてもらった礼以外、ほかに言うことはなかった。ダニーはパイロットたちとそれぞれ握手をすると、ハーネスを外して荷下ろし作業の監督へ向かった。

作業員たちはキャスター付きのラックに乗せたドリーム・キャッチャーを輸送機尾部の傾斜路《ランプ》の奥から運びだしていた。殉職《じゅんしょく》した兵士を最後のフライトから降ろすかのように、しずしずと慎重に運んでいる。無人機のスキンを保護するために、全員が白い手袋をつけていた。そこまでして汚れひとつつけないようにするのは滑稽《こっけい》でもあった。どうせすぐに無人機はB－2ステルス爆撃機の爆弾倉に固定され、二万フィートの高さから対流圏に投下されるのだ。もしもそれを乗り切れば、次は空中でＢ－２の中への回収作業となる。そして、本当に厄介なのはこっちのほうだった。

ダニーは首を振った。「ドッキング・システムの仕組みについて、もう一度聞いていいかい？」スコットに尋ねる。

「シンプルな仕組みだよ。Ｂ－２は爆弾倉の扉を開けて待ち、ドリーム・キャッチャーはプログラムされたとおりにその下へと上昇する。無人機の背にある回転パネルの中に、ドッキング・ラッチが収納されている。ドリーム・キャッチャーはレーザーを照射してみずからを誘導し、位置についたらパネルを開いてドッキング・ラッチを出す。あとは位置を自動調整し、Ｂ－２と連結して終了だ」

「ずいぶん簡単に聞こえるけど、計算外のことだっていろいろ起きうるんだろう？」

スコットはむっとした。「ぼくを信用しろよ、ダニエル。コンピュータによるシミュレーションでは何ひとつ問題なかった。うまくいくに決まってる」

「そうだな。それでも、試験飛行が何度か成功するまでは落ち着かないよ」ダニーはスコットから視線をそらし、はじめてあたりを見回した。何もない真っ暗な荒れ地がふたりを囲んでいるのを見て、愕然《がくぜん》とする。ここには崩れかけの建物と、乾いた埃っぽい景色があるばかりだ。彼はため息をついた。「〝空軍に入って世界を見よう〟か」

26

ダニーはC－130輸送機のエンジン音が遠ざかるのを聞きながら、暗がりの中にたたずんだ。試験飛行チームと警備隊の者たちは、次はどうするのかと彼に目を向けている。しかし、ダニーにも見当がつかなかった。スコットを振り返ると、相手は肩をすくめた。

突然、電気モーターのうなりが聞こえ、ギアが回転する音が格納庫から響いた。ドアが左右にゆっくりとスライドするが、中は夜の闇に包まれた外よりなお暗い。機械の作動音が止まると、コンバットブーツのカツカツとした音がコンクリートに響くのが聞こえた。やがて貫禄のある人影が暗がりから現れ、耳になじんだ声が轟《とどろ》いた。

「間抜けのようにそこに突っ立つのはやめろ。万が一にでも誰かに見られる前に、そいつを中へ運び込め！」

ダニーは破顔した。「こんばんは、サー。てっきりオハイオで留守番しているものと思っていました」

ウォーカー大佐はつかつかと近づき、珍しく笑みを返した。「まあ……そうだな、私には優れた旅行代理店がある。それにふたつの場所に同時にいるように思わせることで、私の神秘性が高まる」

武装した兵士が奥から現れ、ドリーム・キャッチャーを運ぶ者たちを格納庫へと案内した。残りの者たちはそれぞれ荷物や機材の入った箱を抱えて、ドアの内側にまとめて置いた。すべて運び終わると、ふたたびドアがゆっくりとスライドし、一行を完全な闇の中に閉じ込めた。

「すべて安全確認済みか？」闇に向かって大佐が問いを発する。

「施錠済みです。用意はできています、サー」闇が答える。

「照明をつけろ！」

大型のレバー・スイッチがガチャンと入れられる金属音が響き、強い光をはなつ蛍光灯が次々に点灯して、青みがかった白い光の洪水を浴びせた。まぶしさに慣れるまでしばらくかかったが、目の焦点が合うと、そこに映るのは外の光景とは正反対のものだった。格納庫の中は、歴史に置き去りにされたようなところはみじんもなかった。すべてが清潔で新しく、明るい照明を当てられた内部は、外から見たよりもずっと広々としていた。これならＢ－２ステルス爆撃機二機をじゅうぶんに収容できるだろう。

「紳士諸君、並びにミス・ナヴィストロヴァ、ここがロミオ・セヴンだ」大きく手を振ってウォーカー大佐は告げた。「秘密施設であることは繰り返す必要もないが、それでも言っておく。この試験場は存在しない。この場所に関する知識は全員墓場とその先へまで持っていき、もしも天国の門で聖ペテロに〝あの場所は何か?〟と尋ねられたら、〝そんな場所は存在しません〟ときみたちは答える。いいか?」

〝イエッサー〟の声があちこちであがった。

大佐はにやりとした。「よろしい。それでは中の案内をはじめよう。手荷物はここに置いていけ。あとで取りに戻ってくる」彼は床に黒く縁取られた、大きな四角いスペースへと一行を導いた。黒縁の内側には黄色いペンキで記された短い棒線《ハッシュマーク》が等間隔で並んでいる。近づくにつれて、黒縁に沿って床にごく細い隙間があるのが見えた。スペースの中央には〝三番エレベーター〟と描いてある。

「全員できるだけ真ん中に立つように」ウォーカーが指示する。「これから床がさがるが、壁には触れないほうがいい。黒いグリースが全面に塗られているからな。服についたら最後、絶対に落ちないぞ」小さなスタンドに設置されたボタンを大佐が押すと、エレベーターが動きだした。

ダニーが受けた感じでは、床は九メートルほど降下し、その後狭い地下世界が一行のまわりに開けた。誰ひとり口を開かない。露わになった秘密世界に、全員が無言で畏敬《いけい》の眼差《まなざ》しを注いだ。

「この基地がまだビグス・ノース・ワンの呼ばれていた頃、戦略航空軍団《SAC》はここに核シェルターを設けた」ウォーカーがツアーガイドを演じて説明する。「小規模の軍隊が地下で数年暮らせる設備がすべて整っている。厨房《ギャレー》に食堂施設、食料も水も備蓄されている。医療施設もあり、かつては小さな兵舎と拘置所、それに死体安置所もあった。基地が閉鎖されたとき、先見の明がある者が、この冷戦の遺物の活用を決定し、最先端の試験施設へと転換させた」

一行はウォーカー大佐に続いてエレベーターを降りた。さまざまな機器が並ぶ中で、エンジニアたちはそれぞれ専門とする分野の設備に目を留めて、自分のワークステーションはここだなと確認している。室内で最も目を引くのは、壁に据えられた巨大な黒いスクリーンだ。画面上には、なんらかのエリアを表す白い大きな正六角形が並び、イエローやグリーンのシンボルがその上を通過している。その動きに見入っていると、誰かに左肩をつかまれ、ダニーははっとわれに返った。彼は左へ顔を向けた。意外にもそれはアマンダの手で、彼女はダニーを支えにしてかろうじて立っている。その顔は真っ青だ。「大丈夫かい？」

「ええ」彼女が返事をした。「よろけただけ。靴が新しいせいだわ」

ダニーは下へと目をやった。ヒールのない靴で、かなりはき込まれているように見える。

「われわれの右側にあるスクリーンはTSD、もしくは試験状況《テスト・シチュエーション》ディスプレイと呼ばれるものだ」ウォーカー大佐は続けた。「ドリーム・キャッチャーと母機は、両機体のGPS情報を使ってここから追跡する。六角形が示しているこのエリアは地上の進入禁止空域だ。現在、いくつかの軍用機がここを飛行しているのがわかるだろう。だが断言しよう、パイロットたちは誰ひとりとしてロミオ・セヴンのことは聞いたことがない。そしてわれわれは今後もこのままの状態を保ちたいと考えている。試験飛行はこの空域が空いているときにのみ行うため、多くの場合、夜間に働き、日中を睡眠に当てることになる」

「実際に睡眠を取る場所はどこになるんですか？」ダニーは質問した。

ウォーカーはスクリーンの前を通りすぎ、奥へと向かった。「現在、地下には居住用のスペースはない。この奥にあるエレベーターが、兵舎がある建物につながっている。三〇人が宿泊可能だ。バスルームはふたつのみ、よってひとつはミス・ナヴィストロヴァ専用とする」

彼女の名前が出たところで、ダニーはちらりとアマンダを振り返った。彼女の額にはうっすらと汗が光っている。「本当になんともない？」彼はささやいた。

「もちろん。ほうっておいてよ」彼女は小さな声で言い返した。

やがてウォーカーがここで解散すると告げると、ダニーのまわりにいたメンバーはあちこちに散らばり、施設を探索したり、自分のワークステーションを確認したり、荷物を取りに上へと戻ったりした。彼のほかに残っているのはひとりだけだ。アマンダ・ナヴィストロヴァはじっと立ったままで、うつろな目は焦点が合っていない。

ダニーは彼女の腕にそっと触れた。「やっぱり気分が悪いんだろう。どうしたんだい？　また靴のせいにするのはなしだ。その言い訳は通じないよ」

アマンダは顔を曇らせた。「ごめんなさい、チームの足を引っ張る弱い女《ガール》だと思われたくなかったの」

「きみのことはみんなよく知ってる、誰もきみが弱いなんて思わない。まあ、女の子《ガール》だとも思ってないだろうけどね」

その冗談にアマンダはうっすらと笑みを浮かべた。「そうね。実は、閉ざされた空間にいると息苦しくなるの」

「まさか。ここよりはるかに狭い会議室に何度もいたよね」

「あれは地中深くに掘られた場所じゃなかったでしょう」彼女はぶるりと身震いした。「何トンもの土やコンクリートが上から落ちてきたらって思うと、もうそれだけで耐えられない。わたし、ここで仕事をできるか自信がないわ。もしもわたしが何か見落としたせいで試験が失敗したら？　大佐にクビにされてわたしは終わりよ」

「ライト・パターソン空軍基地ではあんなに狭い会議室で仕事をしてたんだ、ここにだって慣れるよ」ダニーはコントロール・センターにちらりと目を戻した。「そうだな、推進ステーションを設定するのはぼくにもできる。きみは荷物を取ってきて宿泊場所へ行くといい。ひと晩……それか明日一日……まあ、必要なだけ休むんだ。きみの分はぼくがやっておく」彼女に微笑んで励ます。「心配しなくても、きみなら大丈夫だ」

アマンダは彼の申し出を受け入れ、荷物を取りに格納庫へと向かった。そのうしろ姿を眺めるダニーの唇から笑みが消える。彼女の代わりに、また誰か連れてこなきゃならないんだろうか。

27

ミズーリ州　ホワイトマン空軍基地
二〇〇三年一月四日

部隊コードなしのリアジェットC−21輸送機が、ホワイトマン空軍基地の灯火のついていない滑走路北端で停止した。車輪が止まるなり、パイロットはハッチを作動させ、暗いキャビンを振り返った。「きみはここで降りるんだ」

返事をせずに、ドレイクはダッフルバッグを肩にかけ、夜へと足を踏みだした。滑走路ではドラッグが待っている。

「会議はどうだった？」ドラッグは尋ねた。ジェット機は移動位置へと走行《タキシー》していく。B−2の実戦部隊である第三九三爆撃飛行隊からドレイクがしばらく姿を消す表向きの理由を作るため、ドラッグは彼をラスベガスで開催されている戦術会議に出席させた。ドレイクはラスベガスへは旅客便で飛び、会議に顔を出したあと、ホワイトマン空軍基地まで真夜中に輸送機で戻ってきたのだ。

「いい息抜きになりました」ドレイクはにやりと笑って言った。「ほとんど寝ていたんで――」

輸送機のエンジン音がその先をさえぎる。ドレイクたちはあわてて芝地へと駆け込み、その背後をジェット機が走りぬけた。

「急ぎの用でもあるんですかね？」夜へと上昇する機体を振り返り、ドレイクは尋ねた。

「彼がここにいた事実はなかったことになる。着陸《グラウンド・タイム》してから離陸までの時間は最小限に抑えなければならない」ドラッグは開け口を細いワイヤーで封じられた、オリーブドラブ色のカバンを若いパイロットに手渡した。「中にはきみの飛行計画表とデータ・ディスク、先週見せた任務手順のコピーが入っている。無灯火で航行し、操縦はオートパイロットに任せろ。暗視ゴーグル、それにフライト用の装備はすべて機内にある」

「B－2ステルス機を自分ひとりで操縦して本当に大丈夫でしょうか？」

「前例はある。それに、まったくひとりというわけではない。同乗者が機内で待っているぞ」ドラッグは背を向け、待機しているピックアップ・トラックへと走りだした。

ドレイクはそのあとを追った。「同乗者？」

ニックはB－2ステルス機の副操縦士席に座り、フライト用の装備に入っていた暗視ゴーグルを使って、リアジェット輸送機が夜空へとのぼるのを眺めた。それから視線をさげ、こっちへ向かってくるトラックを観察する。ドラッグはもうひとりのパイロットが誰になるのか明かさなかった。暗視ゴーグル越しの蛍光グリーンの光景では、少し前にジェット機から降りてきた男の顔ははっきりわからなかった。どうでもいい。どうせすぐにわかることだ。

座席の横側をまたぎ、ニックは自分の荷物を手に取った。彼はB－2ステルス爆撃機にはかなり慣れていた。正式な操縦訓練はまだはじまっていないものの、代替練習機《コンパニオン・トレイナー》プログラムの教官を務めた一年のあいだに、フライト・シミュレータで何百時間にも及ぶ経験を積んでいる。それに機体の点検法を学ぶ列線《フライト・ライン》整備指導プログラムでは、実機を使っての指導が数時間あった。だが、彼がいま乗っている機体の操縦室《フライト・デッキ》は、これまで見たB－2のどれとも違っていた。正副操縦士席のうしろには通常何もないのだが、この機体には三人目用の場所があり、標準仕様のACESⅡ射出座席が横向きに設置されている。座席の正面にはコントロール・ステーションがあり、ジョイスティックに航空無線操作用パネル、それに何面かのタッチ・スクリーンがついていた。

「きみがここで何をしてるんだ？」

振り返ると、ドレイク・メリゴールドがラダーの昇降口から頭を突きだし、怪訝《けげん》そうにこちらを見ていた。ふたりは顔見知りだった。ニックは一度、教官としてドレイクと一緒にT－38練習機で飛行したこともあるが、冷ややかな距離を保っていた。自分が一年間、練習機の教官を務めねばならなかったのに対し、かつての空中給油機《タンカー》パイロットはすでにB－2ステルス爆撃機の正規パイロットになっており、そのうえ戦闘にも出撃し、殊勲十字章を授かっていた。ニックはそのことにねたましさを覚えずにいられなかった。ふたりは階級は同じだが、長距離を飛行するタンカーのパイロットは攻撃機乗りよりも短期間で飛行時間を積みあげる。ドレイクはニックより七カ月早く第五〇九爆撃航空団に到着し、飛行時間もはるかに多かった。そしてそれが大きな違いを産んだのだ。

「さっさと出発しろ！」下から怒鳴り声がした。

作戦部長のヤニくさい息が、いらいらと上まで漂ってくるのがにおいでわかる。

「きみが出発させるんだろう」ニックはそう言って、機長席のハーネスをドレイクのほうへと投げた。

ドレイクは飛行前点検《プレフライト・チェック》をすばやく行うと、一〇分後には速度をあげて滑走路を走り、離陸した。徐々に高度をあげ、ミズーリの農地が果てしなく広がる黒々とした闇の上で機首を西へ向けたあと、操縦をオートパイロットに委ねる。「で」ドレイクは暗視ゴーグルを外して問いただした。「どうしてB－2を操縦する資格さえ持ってないきみが副操縦士なんだ？」

ニックはむっと顔をしかめた。「悪かったな、キャプテン・アメリカ。きみは史上最年少でB－2の機長になったんだろう。自分ひとりじゃこの機体《ベイビー》を扱えないのか？」

「ドレイクと呼べよ。もちろんできるさ。おれはどうしてきみがここにいるのかをきいてるんだ」

「〝基地のエース〟はきみだろう。きみがぼくに説明したらどうだ？」

「笑えないね」ドレイクはコンソールに向きなおると、航法装置《ナビゲーション・システム》のチェックをはじめた。「話したくないのならそれでいいさ。これからの数時間、きみは乗客だ。おとなしくそこに座っていろ、なんにも触るなよ」

ニックは座席によりかかり、外の暗闇に目を据えた。「仰《おお》せのままに」

ステルス爆撃機は雲のはるか上、四万七〇〇〇フィートまで上昇を続けた。コクピットの明かりは落とされ、翼端灯もついていないため空は深く、星が満天に輝いている。ぽつりぽつりと光るのではない。分厚い星の雲――星屑《ほしくず》の塊が、真っ黒な空に浮いていた。

ニックにはすべてがあまりにも非現実的に見えた――灯火を消した完全なステルス・モードの爆撃機で母国上空の飛行、存在しない試験施設。そして自分たちときたらなんだ？　爆撃航空団には、はるかに能力のあるパイロットが大勢いる。自分とドレイクはただの中尉で、互いのことはよく知らず、何が起きているのかについてはそれ以上に知らない。

ふたりの中尉――空軍パイロットの底辺階級。それが何をし、誰を相手にしようとしているんだ？

ニックは歯を食いしばり、鼻からふんと息を出すと、憮然《ぶぜん》とした顔のパートナーに出し抜けに向きなおった。「ちょっといいかな」意識して表情をゆるめる。「この任務がなんであれ、きみとぼくは一緒にやっていかなきゃならない。最初からやりなおそう」

ドレイクはコンソールから体を起こして腕を組んだ。「きみがここで何をしているのかまだ聞いてないぞ」

「それは本当にぼくにもわからない。今回の情報適格性《ニード・トウ・ノウ》（漏洩を防ぐために、その情報を知る必要がある者を限定すること）レベルは見たことがないものだ。ドラッグからは、ぼくは何かの試験で操縦士役をするってことだけ聞いている。そしてそれはこのステルス機じゃない」ニックはわずかに逡巡《しゅんじゅん》したあと、首を傾けた。「けれども――」言葉を引きのばす。「これはなんらかの作戦の一環だろうとぼくは思う。そしてなんであれその作戦が実行されるときは、それがぼくの席だ」彼はうしろにある新たな三人目のステーションを身ぶりで示した。

「どうしてそう思うんだ？」

「今日の夕方、そこに座って自分の荷物を確認していたときに、ドラッグがこう言ったんだ。〝座り心地を確かめておけ。この作戦が実行されたら、それがきみの席だ〟」

「なるほどね。それならそう思って当然だ」ドレイクは目を細くした。ニックの休戦の申し出をまだ信用していないようすだ。「おれはわざわざ一度姿を消さなきゃならなかったのに、どうしてきみはその必要がなかったんだ？　こっちはラスベガスまで行って会議に出席、宿舎にチェックインと、すべてやらされたんだぞ」

ニックは肩をすくめた。「ぼくはアラバマ州の空軍大学で、三カ月の空中戦コースを取っていることになってる。受講者は二〇〇人いるから、大勢の中のひとりにすぎないわけだ。コースと兵舎の登録はネットでやった。この基地を離れる必要もなかったよ。きみはどうして同じようにすませられなかったんだろうな」

「ああ、なるほどな」Ｂ－２ステルス機のパイロットはゆっくりとうなずいた。「おれが出席する会議の期間は二週間だ。そっちは三カ月のコースってことは、もっと長期間の任務になるってことだ」

ドレイクはふたたび操縦に集中すると、コンソールに並ぶ一〇インチのディスプレイに映しだされる燃料ゲージに電気系統、油圧システムのデータを確認しだした。数分後、ようやく顔をあげてニックをじっと見据える。そのあと腰を曲げ、操縦席と中央コンソールのあいだの床に置いてあるダッフルバッグに手を入れた。「そうだな」まだバッグの中を探りながら彼は言った。「最初からやりなおすとしよう。正式にやるぞ」コカコーラの小さなボトルを取りだしてキャップを開け、持ちあげる。「ドレイク・メリゴールドだ。秘密作戦に乾杯」

ニックは自分のマウンテンデューのボトルを掲げた。「ニック・バロンだ。良きチームとならんことを」

ふたりはボトルをぶつけ合って、ひと口飲んだ。そしてふたたび無言で航行した。

28

「気味が悪いな」ステップラダーを降りながらニックはつぶやいた。B－2ステルス機を格納庫の中まで誘導したクルーは姿を消し、そのあと扉は閉ざされ、彼らは完全な闇の中に残された。

「すみません！」ドレイクがあげた声が見えない壁に反響する。「少なくとも音響はいい」

照明が点灯し、ニックはうしろへ飛びすさった。目の前には陸軍大佐が立っている。相手の表情は判読不可能だ。眉間に深々としわが刻まれているが、唇には薄い笑みが広がっている。「ようこそ、諸君」

ドレイクが自己紹介をはじめようとするのを大佐はさえぎった。「紹介は無用だ、ミスター・メリゴールド。きみに関するファイルは読んでいる、きみの同僚のものともにだ。私はウォーカー大佐だ。きみたちの新しいボスと考えてもらおう」眉間のしわがおもしろがるようにぴくりとする。「実際には、きみたちがケルベロスに参加するとサインをした瞬間、私はきみたちのボスとなった。ドラッグは仲介人にすぎん」黒と黄色のペンキで床に記された枠のほうへうなずきかける。「荷物を持ってその枠の中へ移動しろ。この施設のほかの部分を案内する」

ドレイクが荷物を取りにラダーをのぼって機内へ戻るあいだ、大佐はニックに近づいた。「ほう、きみは随伴機《チェイス》のパイロットか」それは質問なのかニックにはわからなかった。

彼は警戒して大佐を見た。「実は、自分がなんなのかはわかりません、サー」

ウォーカーはうなずいた。「それは知っている。私はきみがどこにでもいる生意気な若造か、陸《おか》に上がった魚のように、勝手がわからないのを認める利口者かを確認しただけだ」

ニックは格納庫の隅へと目をやった。奇妙な形の小さな乗り物がラックにのっていて、白衣を着た男ふたりが、手袋をした手でそれをあちこちつついている。なんだかロズウェルに迷い込んだ気分だ。「自分は陸の上の魚です」

「完璧だ。真っ白なページからはじめるのは気分がいいものだからな」

地下におりると、ウォーカーはふたりを救命装備品室へと案内し、フライト用の装備をそこに置かせた。そこで大佐はいったんニックひとりを残し、機密扱いのフライト・データをしまうためにドレイクを金庫へと連れていった。部屋の中をぼんやりと歩いていたニックは、奥の壁にさまざまな部隊のパッチが貼りつけられたフェルトのボードがあるのに気がついた。

かつてこの場所に立ったひとりひとりが残していったものが、ここの歴史を表すパッチ・ボードを形作っていた。ニックが知っている部隊のパッチもいくつかあった。F－16ファイティング・ファルコンを駆る部隊に、F－15イーグルの部隊。だが、中には見たことのない機体が描かれたパッチもあり、珍妙な形の飛行機は、魔法でもかけなければ飛ぶようには見えない。そのうちのひとつは〝バード・オブ・プレイ〟（九〇年代にボーイング社がステルス技術実証目的で極秘裏に開発した実験機）という名前が入っていて、翼の折れた奇妙な無尾翼機が剣の柄として描かれていた。A－10攻撃機のパッチはひとつもなく、最先端技術を使用しているわけでもないホッグが、この秘密試験基地で入り用になることはなかったのだろうとニックは推測した。自分がないがしろにされたように感じ、彼はフライトスーツのポケットからドイツ時代の第八一戦闘飛行隊のパッチを取りだし、ボードに加えた。「よし」静かに口にする。「何もホッグが忘れられたわけじゃない」

ボードの中央にあるひとつのパッチだけは特別扱いらしく、ほかとのあいだにぐるりとスペースが空けられていた。パッチの形は縦長の三角形だ。空へと昇るT－38練習機が刺繍《ししゅう》されているが、暗い灰色の糸は、黒の地色にほぼ溶け込んでしまっている。その下には血のような赤で777と記されていた。両翼の端からは灰色のリボンが数本ずつ流れでてひるがえり、機体を空へと引きあげている。左の翼から出ているリボンには〝トリプル・セヴン・チェイス〟、そして〝サード・タイム・ラッキー〟と書かれ、右の翼のリボンには端に人名が記されていた。フランク・〝サイドショー〟・ユーバンクス。それにマイク・〝ラット〟・ショー。

がっしりした手が右腕に置かれ、ニックはぎょっとした。振り返ると、ウォーカー大佐が背後に立っている。ニックは、忍びよるなんて人が悪いですねと言いかけて、自分の腕に置かれたのが大佐の手だけではなかったことに気がついた。フライトスーツの上腕にはマジックテープになっている箇所があり、ウォーカーはそこにパッチをくっつけたのだ。それはニックが眺めていたのと同じ、三角形のパッチだった。

ウォーカーは片手を差しだした。「おめでとう、ニック。きみはたったいま777《トリプル・セヴン》チェイス機飛行隊の新たな一員となった」

ニックは困惑顔で新しいボスを見た。「ありがとうございます、サー」そう言って、握手をする。「ですが、それがどういう意味か説明していただけますか？」

「ドラッグを非難するな。彼が何ひとつ教えなかったのは私がそう命じたからだ。この仕事では絶対に必要となるまで、詳細は明かさぬものだ」

「では、ようやく答えてもらえるんですね？」

大佐はうなずいた。「いくつかの疑問にはな。いまきみが知らねばならんのは、自分がドリーム・キャッチャー試験のチェイス機パイロットだということだ。試験のたびに、きみはB－2ステルス機に随伴し、爆弾倉から無人機《ドローン》が――上の格納庫で見たやつだ――投下されるのを観測、そしてその機動を追う」

ニックはうなずいた。断片的な情報がようやくつながった。自分がここにいる目的の一部は少なくともこれで判明した。

ホワイトマン空軍基地にいるT－38練習機の教官操縦士は、そのほとんどが随伴任務の有資格者だ。B－2ステルス爆撃機はその独特の機体構造のため、B－2同士ではチェイス機の役目を果たせない。飛行中に問題が発生した場合、ニックやほかの教官がT－38練習機を飛ばしてB－2に接近し、相手のコクピットからは見えない制御装置やその他のシステムに関する重要な情報をパイロットたちに伝えるのだ。

ステルス爆撃機の随伴には、通常の編隊飛行以上の技術が要求された。安定した操縦、そして正確な飛行抜きでは、B－2の後方やその下につくことはできない。B－2の飛行中、機体の周囲には独特の気流が生じ、それが形成する巨大な渦に小型機を操縦不能にしかねないからだ。

Ｂ－２に随伴した経験を持つニックであれば、試験飛行中、ドレイクと無人機《ドローン》のあとをしっかり追うことできる。だが、ウォーカーの短い説明ではまだ多くの疑問が残されたままだった。ニックは眉根をよせた。「ドラッグの話では、自分にはケルベロスで別の役目もあるようでした。それについてもうかがっていいでしょうか？」

ふたりの背後へドレイクが近づいた。「へえ、パッチのボードか。すごいな」

「ああ、そうだな、ミスター・メリゴールド」ウォーカーは判読しがたい渋面をニックに向け、つかの間沈黙した。その後、コントロール・センターへと歩きはじめる。

「こっちだ、諸君。時は待ってくれん。チームのほかのメンバーに会わせよう」

大佐はオペレーション・センターの中を進みながら、エンジニアたちにふたりを紹介した。〝はじめまして〟や〝地下世界へようこそ〟などと言葉が返ってくるものの、実際にはみんな仕事の邪魔をされるのがいやなようすだ。部屋の一角では、ひとりの女性が椅子に座って背中を丸め、コンピュータに顔を近づけていた。左手はマウスをクリックし、右手は黄色いメモ帳にシャープペンシルでカリカリと書きつけている。金色の髪をくるりとねじって頭の上で留めているが、ヘアクリップが小さすぎてあちこちから巻き毛がこぼれていた。ウォーカーは大股で進み、彼女の肩を軽く叩いた。

「なんの用？」女性は顔も向けずに言った。

「ごほん」ウォーカーが大きく咳払いする。

女性はぴたりと凍りついた。ゆっくりと椅子をまわす。「失礼しました、サー。大佐だとは思いませんでした」彼と一緒に立っているふたりのパイロットに気がつく。

「ああ」口から出たのはそのひと言だけだ。

「アマンダ・ナヴィストロヴァ、紹介しよう、彼はニック・バロン、そっちはトニー・メリゴールド、通称ドレイクだ。彼女はミス・ナヴィストロヴァ、われわれの推進システムの主任エンジニアだ」

ふたりのパイロットはそれぞれ握手をしようと手を伸ばした。アマンダは立ちあがり、右手を出そうとしたところで、シャープペンシルを持ったままだと気がついた。ばつが悪そうに笑い、ペンシルを耳にはさもうとするが、そのときドレイクと目が合った。ペンシルは彼女の耳の横を通過し、軽い音を立てて床に転がった。アマンダは自分の不器用さに苦笑いしながら、腰をかがめてペンシルを拾いあげ、慎重にテーブルの上に置いてから、もう一度手を差しだした。

しかし、運命はまたも彼女の握手の邪魔をした。

立ちあがったり、かがんだりしたせいで巻きあげている髪がゆるみ、アマンダが二度目に手を伸ばすと、ヘアクリップがはずれて金色の髪がばさりと顔にかかった。落下したヘアクリップはテーブル上のシャープペンシルを見事にはじき飛ばし、派手な音を立てて彼女の足もとに転がった。アマンダは顔を深いピンク色に染めて両手を握りしめ、目をつぶった。それで自分が――あるいはまわりの者たちが――消えるとでもいうかのように。

ドレイクは腰を折り、床に落ちたものを拾いあげた。「大丈夫？」テーブルに置きながら彼女に尋ねる。

アマンダは片方ずつ目を開いた。「ええ、なんでもないの。今日は何をやってもうまくいかなくて」

「わかるよ、そういう日もあるものさ」ドレイクが返す。

大佐は何かぶつぶつとぼやいた。「それでは先へ行こう」大きな声で言い、パイロットふたりをコントロール・センターの中央にあるワークステーションへと押しやる。「このふたりはプロジェクト・ディレクターとプロジェクト・マネージャー、スコット・ストーン博士とダニー・シャープ大尉だ」

「自分は上の格納庫にあった小型ＵＦＯをのせて、Ｂ－２を操縦するんですよね」ドレイクが言った。「あのＵＦＯが飛ぶのを見るのが楽しみだ」

「あれが設計通りなら、きみからはまったく見えない予定だ」スコットが言った。

「そのとおりだ。だが彼には見える」ウォーカーはニックのほうへ首を傾けた。「バロン中尉はチェイス機のパイロットだ。タロンを操縦してドリーム・キャッチャーを追い、その機動をカメラにおさめる」

「きみがニック・バロンか」ダニーがそう言って、ニックと握手した。「ようやくお目にかかれたな。きみが二〇〇一年に提出したビン・ラディンとアル・マジドに関する報告書はすばらしかった。実に優れた洞察力だよ」

ニックは眉根をよせた。「あの報告書を読んだんですか？　あれはドイツの基地の外には出ていないはずだ。どうやって――」

「ドローンの試験飛行が実施できるまで、あとどれほどかかる？」ウォーカーがさえぎった。

「地上での試験がもう一日予定されています」スコットが言った。「ドリーム・キャッチャー、それに改造したＢ－２が同じ格納庫に収用されるのはこれがはじめてだ。投下システムと回収システムが予定通り作動するか確認する必要があります」ドレイクへ視線を向ける。「そのことに関してだが、試験飛行中、Ｂ－２の電気系統と油圧システムの操作はきみの仕事となる」

「長時間になるのなら、もうひとり必要だな」ドレイクが言った。

ニックは小さく挙手した。「ぼくがB－2の副操縦士席に座りましょう――少なくとも地上試験のあいだは。システムについてはよく知っています」

これを聞いて、ダニー・シャープはわずかに胸をそらせ、眼鏡の真ん中を指で押しあげた。「ありがとう、でもそれは必要ないよ。今後はぼくがドレイクの副操縦士だ」

29

「オーケー、諸君。これも成功だ」スコットの声がダニーのヘッドセットに響いた。B－2ステルス爆撃機の下ではドリーム・キャッチャーが衝撃吸収剤で覆われたラボジャッキの上にのっている。展開システムのテストが成功したところで、ドローンは爆弾倉のラックを離れ、下に用意されたラボジャッキに重量を移動させていた。

「データの確認に数分かかる」スコットが通信回線で伝える。「結果に問題がなければ、次が今夜最後の試験となる。その前に一〇分間の休憩にしよう」

最後の試験。その言葉はダニーの耳に美しい音楽のごとく響いた。

これは一生に一度のチャンスだった。ケルベロスのような極秘計画でもなければ、情報士官がステルス爆撃機の副操縦士を務めることはありえない。ダニーの主な仕事は試験飛行中のドリーム・キャッチャーの操作だが、ドレイクがB－2の点検をするのも手伝うし、うまくいけば少しぐらい操縦桿に触れるかもしれなかった。

ディズニーランドに来た子どもみたいですね。はじめてダニーがコクピットに腰をおろしたとき、彼の興奮ぶりをドレイクはそう表現した。反論はできない。中に乗り込むまで、ダニーはずっと興奮しっぱなしだったのだ。宿舎ではB－2とそのシステムについて何時間も学び、パイロットを感心させたくて、電気系統に油圧システム、燃料に関する知識を完璧に頭に入れた。けれど、実際にはこの機のシステムはほとんど勝手に作動し、しかも今夜の地上試験はすでにだらだらと何時間も続いていた。ダニーはその間ほぼずっと副操縦士席か、エンジニア席に座りっぱなしだった。ディズニーランド級の輝きも、頭と尻がここまで疲れるとさすがに色褪せはじめるものだ。

「先にします？　それともあとですか？」ドレイクが尋ね、格納庫の隅にあるトイレのほうへと頭を傾けた。B－2ステルス爆撃機の乗員はトイレ休憩も簡単には取れなかった。エンジンがかかり、油圧が作動可能な状態のときは、万が一にでも自動システムに異常が生じた場合に備え、誰かひとりはコクピットにいる必要がある。機体の下にいるエンジニアたちの安全は、中の乗員にかかっているのだ。

「先に行っていいよ」ダニーはうながした。「でも、すぐに戻ってくれ。このトイレ休憩を逃したら、ぼくの膀胱《ぼうこう》は持ちそうにない」

「了解《ラジャー》、すぐに戻りますよ」ドレイクはラダーを降りてトイレへと向かった。格納庫の隅にあるそれは男性用、女性用などとは分けられておらず、洗面器と便座がひとつずつあるだけのトイレユニットだ。

エンジニア四人のうしろにドレイクが並ぶのを眺めていると、B‐2の昇降口からアマンダが頭を突きだした。

ダニーは眉根をよせた。彼女が来る予定はなかったはずだが。「今夜は地上試験だ、推進システムの監督は必要ないよ」彼は言った。「それに、もう終わるところだ。きみも今夜は仕事を切りあげて、休んだらどうだい」彼女の閉所恐怖症を気づかい、ダニーはできるだけやさしい言葉をかけた。ここ数日、アマンダはずっと緊張しているようすだった。

「ああ、気分ならもうずいぶん良くなったのよ。コントロール・センターで作業が遅れていた分を取り戻していたんだけど、足を伸ばそうと思ってこっちを見に来たの」

ふだんはくしゃくしゃの巻き毛が肩の上で優雅に波打つ。

「髪に何かした？」ダニーは尋ねた。

「え？　ああ、今夜はいつもより大目にヘアスプレーを使ったから。どこかおかしい？」

「いや……いい感じだと思うよ」アマンダはスカートをはいている。彼女がこれまでスカートをはいているのを見たことはないな。それに、口についているのは口紅か？

ダニーは首をかしげた。「何かあったのかい？」

彼女にはその質問の意味が伝わらなかったようだ。「だから、足を伸ばしに来たって言ったじゃない」体を横に動かして操縦席をのぞき込もうとする。「ドレイクはいないの？」

「きみとすれ違いでおりていった」ダニーは閉まっているトイレのドアを恨《うら》めしそうに眺めた。ドレイクはもうあの中だ。あとどれぐらい時間がかかるだろう？　今夜はコーヒーを飲みすぎたな。不意にダニーはコクピット内に淹《い》れたてのコーヒーの香りが充満したように感じた。これじゃ、余計に尿意をもよおす。

アマンダに目を戻すと、彼女の手には湯気の立つカップがふたつ握られていた。

「飲み物を持ってきたのよ」彼のほうへ片方を差しだす。「どうぞ」

ダニーは思わず体を引いて両手をあげた。「いや、悪いけどぼくはいい」

「あら、そう」アマンダはさっさと昇降口の下へと消えた。

そのあとすぐにドレイクがトイレから出た。ダニーは焦りの滲む目でそれを追い、やがてパイロットの姿はB－2ステルス機の鼻先の下に隠れた。だが、ドレイクはラダーをのぼってこず、コーヒーの礼を言うパイロットの声が聞こえた。アマンダとのおしゃべりがそれに続く。ふたりの笑い声があがった。

ダニーは昔から攻撃的な男ではないし、短気でもない。だが、自分の膀胱が不安だった。「ドレイク！」

パイロットは気づかずにアマンダとしゃべりつづけている。ダニーはコクピット内の防音壁を呪った。これでは怒鳴っても外に聞こえない。

もう一度声を張りあげるよりも先に、パンと手を叩く音が下から響き、スコットの声が続いた。「オーケー、諸君。あともうひとつで終わりだ。さっそくはじめよう」

ドレイクが操縦室へあがってきて、さっきダニーが拒んだまさにそのカップを中央コンソールに置いた。「戻りました」彼が言う。「コーヒーを持ってきましたよ」

「いらない」ダニーは冷ややかに言った。

「ああ、そうか。トイレ休憩でしたね。すみません」ダニーの腕をぽんぽんと叩く。

「最後のテストは一五分もかかりませんよ。大丈夫ですって」

三〇分後、ダニーの膀胱が待ち焦がれていた言葉をようやくスコットが言った。

「オーケー、成功だ。地上試験は終了した。機材をすべて片付けたら、今夜はこれで終わりにしよう」

ダニーがトイレから戻ってくると、ドレイクとエンジニアたちは、スコットのコンピュータがのったラボカートのまわりに全員集まっていた。「どうだい？」

「いま数字を処理してます」ドレイクがささやいた。大きな声でしゃべると、コンピュータが計算を間違えるかのようだ。「最終結果を待ってるところですよ」急にあっと表情を変え、顎を小さく突きだして下のほうを示す。

ダニーは首を横に振った。相手が何を言いたいのかわからない。

ドレイクはやれやれと目玉をまわし、今度はさらに大きく顎を突きだした。それから〝チャック〟と口を動かす。

やっと相手の意図がわかり、ダニーは急いでズボンの前を手で隠して見おろしたが、閉まるべきものはちゃんと閉まっている。顔をあげると、ドレイクは大きく一歩さがっていた。全員の視線がダニーに注がれている。

「どうかしたのか、ダニエル？」スコットが尋ねた。

「あ……いや……なんでもない」

エンジニアたちはデータへと顔を戻した。

にやにや笑いながらドレイクが彼の横に戻る。

ダニーは彼をにらみつけた。「まったく、きみは小学生か？」

スコットがコンピュータのモニターから顔をあげ、ごほんと咳払いした。「数字はぴったりだ」みんなに向かって告げる。「回収装置および投下装置は予定通りに機能している。いよいよ試験飛行の準備が整った」

30

ドリーム・キャッチャー第一回試験飛行
二〇〇三年一月六日

ニックはエレベーターから暗い格納庫へと足を踏みだした。照明は天井のものがひとつついているだけで、流線型のT－38チェイス機がやわらかなハロゲンライトを浴びてぼんやりと輝いている。いつもの習慣で、彼は早めに格納庫へ到着していた。操縦したことのない機体に乗るのであればなおさらだ。一日の仕事時間が多少長くなるものの、少しばかり時間を取って、はじめて操縦桿を握る機体について知るのが好きだった。どのジェット機にも個性があり、同じ型の機体の中でさえそれぞれ違う。T－38は特にその傾向が強かった。なにせ運用開始から四〇年の歳月をかけて個性を築いているのだ。加えて、最後に乗ったT－38練習機は、彼に牙を向けてきた。

ニックは目の前にある二機のクラシックなラインをほれぼれと眺めた。コーラのボトルを思わせる胴体、それに短い翼が、力強くも優雅な外観を与えている。その点はほかのT－38と同じだが、この二機はこれまで彼が飛ばしたどのタロンとも違っていた。ダークグレイの塗装は、ホワイトマン空軍基地の姉妹機たちが光沢仕上げをされているのに対して、夜の中へ消えるようつやを消されている。内部は、ニックが使い慣れている昔ながらのずらりと並ぶ丸い計器に代わり、一〇インチ多機能画面《マルチファンクション・スクリーン》を搭載した最新のコクピット・ディスプレイだった。

不意に格納庫内が明るくなり、ニックは目を覆って振り返った。

「おい！　誰だ……」ぼやけた視界の奥でどら声が響く。「ああ、あんたか。ずいぶんと早いな。もう一度名前をきいていいか？」

侵入者の姿がしだいにはっきりと見え、ニックは目をしばたたかせた。「ニック・バロン。あなたはエディですね？　777《トリプル・セヴン》チェイス機飛行隊の整備主任だ」

「ああ、そうだ」エドワード・パッチは笑みを浮かべた。ニックより一五センチは背が低く、しわだらけの無骨な顔の上にくしゃくしゃの白髪がのっている。彼はグリースで真っ黒な手をダークブルーのオーヴァーオールにこすりつけ、ニックに握手を求めた。「あんた、ミリーとイレインに挨拶してたんだろ」

「そんなところですね」エディの訛りはどこのものだろうかと考えるが、どうもはっきり断定できなかった。母音を引きのばすしゃべり方はテキサス州の北部か西部のものだろう。

「飛行機にはどうして必ず女の名前をつけるのか、それは知ってるよな？」ニックの脇を肘で突き、エディがにやにやと尋ねる。

「ぼくはセクシーできれいだからだと思ってました」

「はずれだ。飛行機を所有したことがある男なら誰だってわかる。女の名前をつけるのは、飛行機はおれたちのハートを盗んで、しかもさんざん振りまわすからだ」

ニックは笑い声をあげた。「じゃあ、この二機の名前は別れた奥さんたちのものなんでしょう」

エディはいぶかしげに彼の顔をのぞき込んだ。「なんだって？　いやいや、うちのはずっとおんなじ嫁で、もう四八年になる。このべっぴんさんたちの名前はうちの娘たちからつけたんだ」

「ああ……なるほど。二機ともフライトの準備はできているんですか？」

「いいや」エディは一機に歩みよると、ノーズ部分の流線型覆い《フェアリング》をそっと叩いた。

「こっちのイレインはそろそろエンジンのオーヴァーホールをやらなきゃならん。それが終わるまでお出かけはなしだ。あんたのダンスのお相手はミリーだな」

ニックは今夜のデート相手に目をやった。ミリーは長女か、もしくはお気に入りのほうの娘なんだろう。ミリーの名前をもらった機体には777のテールナンバーが入っている。つまり、こっちは二機だけの航空隊のフラッグシップ機だ。「デートの相手にこれ以上の美人はいないな。ぼくはコクピットの中の用意をしよう。ギアピンとエンジン・カバーを外してもらえますか？」

「あんたがボスだ」

ニックは一瞬たりともそうは思わなかったものの、相手の言葉を受け流し、クルー用のラダーをのぼった。数分後、自分の装備を定位置に置いて、重要なシステムをいくつか点検すると、もう一度下におり、最後にミリーのまわりを一周した。

ジェット機の左側を歩きながら、機体のなめらかな表面にそっと指を滑らせる。驚くほど均一な塗装だ。これまで乗った古いT－38練習機のほとんどは、塗装を塗りなおしたばかりでも、くぼみやへこみがあったものだが、この機体の表面はするりとしている。後方でふたつ並んで突きだしているアフターバーナー・ノズルにたどり着き、ニックは自分が乗り慣れていたものとは形状が違うのに気がついた。「このノズルはどうしたんですか？」

エディはミリーの整備記録《ログブック》に書き込むのに忙しく、顔もあげずに言った。「聞いてないのか？　このお嬢ちゃんたちは新型のＣモデルだ」

「ええ、だからグラス・コクピット化されてるし、ＧＰＳもアップグレードされている」

「アップグレードされたのはアビオニクスだけじゃない。ノズルも改良されてアフターバーナーのパワーが増し、低高度での加速性能が向上した。この新顔たちが入ってる部隊はまだほとんどないね。トリプル・セヴンの指揮官は最初に製造されたやつの中からこの二機を手に入れてきたんだよ、ＮＡＳＡよりも先にだぞ（ＮＡＳＡではＴ－38は練度維持と支援飛行に使用されている）」

「ウォーカー大佐はずいぶんとコネがあるようだ」

「ああ」エディがうなずく。「だが、ウォーカー大佐はケルベロスを監督してるだけだ。トリプル・セヴンの指揮官じゃない」

「じゃあ、誰が指揮官なんです？」

整備記録からようやく顔をあげ、エディはにやりと笑った。「そいつは教えられないな。まあ、もうちょっと待ってな。この試験飛行が終わったら、顔を見せるはずだ」

31

「母機《マザー》へ、タロン・ワンは位置につきました」ニックは暗号化無線で報告した。

「こちらはマザー、了解《コピー》した。交信相手を《ブレイク》切り替える《ブレイク》……全員へ、点呼《チェックイン》を開始してください」

B－2ステルス爆撃機のコクピットからドレイクが告げる。

「タロン、位置についてます《アップ》」

「ハザード、アップ」ダニーが言った。ドレイクのうしろにあるモニタリング・ステーションに座っている。コールサインはハザードだ。

「ライトハウス、アップ」ウォーカー大佐が地上にあるコントロール・ステーションから告げて、点呼を締めくくる。「それでは諸君、頼むぞ」

ニックはB－2に随伴するために真後ろについていた。あまり距離を離したくはない。暗視ゴーグルをかけていても、黒い機影を視認するのは困難だ。

「オーケー、タロン」ドレイクが言った。「はじめるぞ。観測《オブザベーション》ワンへ移動だ。ハザードへ、展開手順の開始を許可する」

「了解《ラジャー》」ダニーは機械的に返した。その声から、極度な緊張状態にあるのがわかった。

地上勤務員を飛行任務につかせて大丈夫だろうかとニックは危ぶんだ。試験飛行が終わるまで、情報士官が失神せずにいられるといいが。

「タロン、オブザベーション・ワンへ移動します」ニックはB－2ステルス機の真後ろで降下した。彼は両方の翼端が発生する気流の渦を慎重に避けた。巻き込まれれば、T－38は簡単に操縦不能に陥りかねない。B－2後縁の下に気流が安定した場所を見つけ、ヘッド《H》・アップ《U》・ディスプレイ《D》のカメラを作動させてミリーをさらに近づける。

「タロン、準備完了《レディ》。カメラは撮影中です」

ダニーが展開手順を開始する。「これから投下します、テン……ナイン……エイト……」

ニックは身構えた。爆弾倉の扉が開けば空気の流れが乱れる。操縦を奪われないよう腕に力を込めたが、いざ扉が開くと、ミリーは不規則な気流をうまくすり抜けた。すぐにニックは操縦の調整に慣れて、試験の観測に集中した。

爆弾倉の扉の片方についている赤外線スポットライトが、ニックの暗視ゴーグルのために庫内を照らしだした。爆弾倉内のほかの構造物と比べると、ドリーム・キャッチャーの姿はまるで幻だ。ほかの物が赤外線を鮮やかに反射しているのに対し、最先端技術を用いたドリーム・キャッチャーの表面に光をほぼ反射していない。

「……スリー……ツー……ワン……投下《リリース》」ダニーがカウントを終えた。

ドリーム・キャッチャーはニックの視界をかすめて落下し、彼はT－38チェイス機を急降下させてあとを追った。ドローンが熱シグネチャーを発するのはまったく見えないものの、機体はすぐに降下から水平飛行へと移り、低排出エンジンがすでに起動しているのがわかった。「ベイビーの投下成功」ニックは報告した。ベイビーはドリーム・キャッチャーのコールサインだ。

「ラジャー、システムの通信状況は九五パーセント」ダニーが返し、B－2ステルス機とドリーム・キャッチャー間のダイレクト・データリンクが機能していることを告げた。

ウォーカーは試験を先へ進めるようながした。「それでは諸君、仕事に取りかかろう。タロンはベイビーの横について動きを観察、ハザードはベイビーの機動を読みあげろ」

「了解《コピー》、ライトハウス」ニックはドローンの横に並び、自機の翼端を無人機から一メートル以下にまで接近させた。「タロン、位置につきました。準備完了《レディ》」

「最初のテストは高度の変化と維持だ」ダニーが告げる。「タロンは自機の高度が一万七〇〇〇か確認してくれ」

情報士官の声からは緊張が消えていた。これなら搭乗員を務めきることができるかもしれない。「確認《アファーマティヴ》、ハザード。こちらはぴったり一万七〇〇〇です」ニックは返した。

「ラジャー。これからベイビーを二万まで上昇させる。上昇率を確認してくれ」

ニックは垂直速度計に目をやった。「一分につき一〇〇〇で上昇中」

ドリーム・キャッチャーはいくつかの操縦テストを通して完璧に飛行し、すぐにチームはロミオ・セヴンでの携帯電話の通話と無線通信を傍受する、センサー・ユニットのテストへと移った。赤外線試験の番になると、ウォーカーはニックに特別な課題を与えた。

「タロンへ、こちらはライトハウスだ。ベイビーの前方センサーをテストする必要がある。きみには縦のボックス・パターンで飛んでもらいたい……そうだな、ベイビーの一・五メートル前、左右は一・五メートル横だ」

「すみません、ライトハウス、もう一度繰り返してもらえますか？」ニックは命令は理解したものの、たじろいだ。ウォーカーは彼にドローンの飛行経路の下へと降下し、機体の下を横切ったあと、上昇して、今度は上を横切れと言っているのだ。戦闘機のパイロットとして、これは僚機を相手にいつもやっていることではあった。爆撃訓練後、機体に破損がないか確認し合うのだが、飛ぶのはつねに相手の背後だ。明るい日中でさえ、この機動をほかの航空機の前で実行する者はいない。あまりに危険だと考えられているからだ。それをウォーカーは、視野が制限される暗視ゴーグルをかけて、まだ試験中のドローンの前でやれと言ったのだ。

「指示は聞こえただろう。ベイビーの一・五メートル前でボックス・パターンをやれ。どうした、タロン、きみには無理か？」

「……いいえ《ネガテイヴ》、ライトハウス、問題ありません。ちゃんと聞こえたか確認しただけです」ニックはため息をつくと、スロットル・レバーを押し込んでドリーム・キャッチャーを追い越し、ぶつからないように間隔を開けた。「やれやれ、おもしろいことになりそうだ」自分自身につぶやく。

この機動中は首をずっと横に向けて無人機を目で追わなければならないだろう。暗視ゴーグルを着用しているとなると、さらに見づらさが増す。なお悪いのは、ドローンの上部を横切るときに、自機の翼と胴体が視界をさえぎり、ドローンが見えなくなることだ。その瞬間にドリーム・キャッチャーが故障して突っ込んでこないよう、彼は祈るしかなかった。そのとき、ニックの頭に解決策がひらめいた。

「こちらハザード」ダニーは言った。「ベイビーの前方赤外線カメラにタロンをとらえました。タロンはベイビーの飛行経路の下にいます。タロンの両翼とコクピットから熱シグネチャーを感知中。驚くほど細部まで見えます。計器盤のボタンやスイッチがすべてわかる。画像は問題なしですね」ダニーの声は落ち着いていたが、次の瞬間、その夜のはじめの緊張しきった声に突然逆戻りした。「いや……待ってください。画像処理《ディスプレイ・プロセッサ》に何か問題がある。いまタロンはベイビーの上部を横切っているんですが、赤外線カメラではまだコクピットが見えている。ここが映っているはずはない。いま見えるのはタロンの底部のはずだ」

ニックのほうは全身をこわばらせて、キャノピーの天井越しにドローンを目で追っていた。血液が頭に流れ込むのを感じる。上下逆さまで飛行を続けるのはそろそろ限界だ。

「何が起きてるのかわかりません」ダニーが報告する。「試験は中止だ」

「落ち着いてください、ハザード」ニックは背面姿勢からもとに戻り、ふたたびドリーム・キャッチャーを追尾して言った。「ベイビーのカメラは正常だ、飛行経路も安定している。いまのはぼくが背面で飛行していたんです。上を横切るあいだは、そうしないとベイビーが視野に入らない」

「目立ちたがり屋め」ドレイクが無線でからかう。

ウォーカーの声が割り込んだ。「オーケー、諸君。今日はもうじゅうぶん楽しんだ。タロンがガス欠になる前に今夜は終わりとする」

「了解《コピー》、ライトハウス」ドレイクが返す。「全員、聞いてくれ。ベイビーの回収は母機《マザー》の仕事だ。B‐2ステルス機は方位二二〇度で安定して飛行中。タロンはオブザベーション・ワンへ戻ってくれ。ハザードはベイビーを回収する用意をお願いします。準備ができたら報告だ」

「こちらタロン、準備完了《レディ》」

「こちらハザード、レディ」

「こちらマザー、確認《コピー》。回収手順を開始」

ニックはドリーム・キャッチャーがいる方向に目を凝らした。現在、ドローンは彼から一〇〇〇メートル近く下にいて、B‐2ステルス爆撃機の前方一〇〇〇メートルに位置している。不意にドローンが加速して上昇し、タロンとほぼ同じ高さになると、今度は飛行速度をゆるめた。

「スタンバイ・ドアーズ」ダニーが警告する。「これから扉が開きます……スリー……ツー……ワン……ナウ」

ドリーム・キャッチャーがステルス爆撃機の機首下を通過したところで、爆弾倉の扉が開いた。ニックは乱気流に自機の姿勢を修正しつつ、爆撃機の腹からさがる二枚の扉の真下へとドローンが移動するのを観察した。庫内ではアームが開いてドローンをつかむのに備えている。ドリーム・キャッチャーは内蔵のレーザー距離計で爆弾倉入り口を探りながら、徐々に上昇した。はじめ、その動きはしっかりと安定していたが、不意にそれが変化した。

扉部分の高さに達したとたん、ドリーム・キャッチャーはカタカタと揺れだした。大きな揺れではないが、回収作業を続行するのは明らかに無理がある。ニックはうなじが総毛立った。

「何かおかしい」無線で告げる。

「なんだと、タロン？」ウォーカー大佐が聞き返した。

「ベイビーのようすがおかしいんです。説明するのは難しいですが、動きが安定していません」

「タロンの言うとおりだ」ダニーが割り込んでくる。「二枚の扉のあいだは気流が変化していて、それに対処できないでいる。プログラム通りに上昇しません」

「ドローンを回収できないと言っているのか？」

「そうです！」

ダニーとウォーカーが言い合う中、ニックはドリーム・キャッチャーの揺れがさらに激しくなるのを凝視した。内蔵の操縦装置が揺れに必死で対応し、翼端の柔軟なスキンが猛烈な速さで波打っている。ニックは無線での口論にしびれを切らした。

「会話を中断《ブレイク》してください《ブレイク》！　こちらはタロン。ベイビーは大きく揺れている。どんどんひどくなっています。いますぐどうにかしないと庫内にぶつかる！」

「ハザードも同意見です。ベイビーの揺れは急激に大きくなってる。いますぐ中止しましょう！」

「何をしようがかまわんが」ウォーカーが言った。「ドローンを無傷で持って帰るんだ！」

ドリーム・キャッチャーは爆弾倉の下でまだ揺れているが、ごく少しずつ上昇し、扉部分を通過して庫内に達しかけていた。「ドレイク、ぼくを信用するか？」コールサインを使用するのを忘れて、ニックは問いかけた。

「おれに選択肢があるのか？」

「待ってくれ。ぼくはきみを信頼しないぞ」ダニーの声だ。「きみたちのどちらもぼくは信用しない」

ニックはB－2ステルス機の後方へと離れた。「ぼくが〝閉めろ《マーク》〟と言ったら、母機《マザー》は扉を閉めてくれ。ハザードは〝いまだ《ナウ》〟の合図でベイビーのエンジンを切るんだ。全員理解したか？」

ちょうどそのとき、ドリーム・キャッチャーが爆弾倉の端に接触した。黒い断片がニックのほうへ飛んでくる。機首を大きくさげて機体を右へ傾けたが、それではよけきれなかった。断片がミリーの垂直安定板をかすめる音に、彼は顔をしかめた。GPS用のキーパッドにある保存《キャプチャー》ボタンを反射的に押し、座標、速度、高度、そして断片が飛び去ったときの機首方位を記録する。あれは機密扱いの機体の欠片《かけら》だ、あとで誰かが回収しなければならない。ニックは無線機に向かって声を張りあげた。「すぐに開始する！　ベイビーはどんどんまずいことになってるぞ！」

「そっちが大丈夫なら、ハザードはいつでもオーケーだよ」

「母機《マザー》も準備はできてる。さっさとはじめよう」

ドリーム・キャッチャーの揺れには一定のリズムがあった。B‐2ステルス機にぶつかったあとも、そのリズムに大きな変化は見られない。ニックはドローンの動きを観察して、タイミングを確認した。「じゃあ、いくぞ。まずは母機《マザー》からだ」いよいよだと彼は声をあげた。「スリー……ツー……ワン……閉めろ《マーク》！」

二枚の扉が内側へと動いてドローンの姿を隠す。ニックは扉の隙間から漏れる庫内の照明が完全に消えるのを待った。「いまだ《ナウ》、ハザード！　エンジンを切れ！」

大きな衝撃音がタロンのコクピットにまで聞こえた。それはニックがかつて聞いたこともない、胃がひっくり返るほど悲痛な音だった。

32

ロミオ・セヴンのひび割れた滑走路に着陸し、ニックはT－38チェイス機が大きくはずむのに体をすくませた。こんな荒れた滑走路にB－2ステルス機は着陸できるのか？　ドリーム・キャッチャーを強制回収した際に、庫内を通る油圧パイプが破損し、B－2は操縦装置とブレーキ・システムの一部が故障した。ドレイクは先に着陸するようニックにうながした。もしもB－2ステルス機が着陸に失敗して滑走路を塞《ふさ》いだら、ニックは降りる場所を失うからだ。

T－38チェイス機のコクピット横にエディがクルー用のラダーをかけるなり、ニックは暗視ゴーグルをかけたまま急いで降りた。南へ視線を向けると、ステルス爆撃機の背後で煙霧が尾を引くのが見えた。グリーンに光るゴーグルの視界の中で、B－2は曲がりくねる尾を夜空に振る輝くドラゴンとなっていた。「燃料を捨てて、着陸時の重量を減らしてるんだ。いい兆候じゃないな」

暗視ゴーグル越しにニックはB－2の主脚が滑走路に接地するのを見守った。着陸は成功したようだ。滑走路の中央線《センターライン》上へのきれいな着陸だ。しかし、そのあと機体は左へとそれた。ニックは機首がセンターへ向きなおるのを待ったが、巨大な機体は滑走路の端へとどんどん近づき、しかも減速しない。「何かおかしい。操縦がきかないんだ。ブレーキも作動してないんじゃないか。主脚が滑走路の外にはみ出したら、地面に陥没するぞ。翼端が地面に接触したら大惨事になる」

「ああ、えらいことだ」エディが同意する。「何かこっちにできることがあればいいんだが」

ニックは暗視ゴーグルをエディの胸に押しやった。「あるかもしれない」T-38チェイス機の下へと手を伸ばし、左右のタイヤにあてがわれたばかりの車輪止め《チヨーク》のロープをつかむと、彼はB-2目がけて全力で走りだした。

巨大な機体は滑走路の端ぎりぎりにまで接近していた。もしも左の主軸が脱輪したら、乗員の身にも危険が及ぶ。仲間を助ける方法はひとつしか思いつかなかった。たとえ大きな賭けでも、やるしかない。

ロープの先にぶらさがる車輪止めが、必死で走る彼の脛《すね》や膝を容赦なく乱打するが、ニックは痛みを無視した。B-2が脱輪する前に滑走路にたどり着かなければならない。ニック、チャンスは一度きりだぞ。彼は自分自身を奮い立たせた。絶対にうまくやれよ。

B－2の速度はゆるまず、ニックは痛む筋肉をさらに酷使してラストスパートをかけた。機体が滑走路の端に触れる直前に、右主脚の前へと飛び込み、車輪止めを投げつける。そして体を丸めて舗道に転がった。左主脚の巨大なタイヤが、彼の体からほんの数十センチうしろを通過した。

ドレイクはコクピットの中で、ニックが右横から駆けより、翼の下へと消えるのを目撃した。「いったい何をやって……」その直後、滑走路の端へと向かっていた機体は中央線《センターライン》へと機首を戻した。「右の主脚が何か引きずってる」彼はダニーに向かって言った。

「それはいいことなのか、悪いことなのか？」

「いいこと……かな」ドレイクは顔を曇らせた。「その〝何か〟はニックかもしれない」

ダニーは目をむいた。「なんだって？」

「とにかく一緒にブレーキを踏んでください！」

滑走路の終わりが急速に接近し、ふたりはブレーキ・ペダルを力いっぱい踏み込んだ。雄叫びの力で衝突を免れようとするかのように、ふたりの口から絶叫があだる。

機体は右へとそれつづけ、ふたたびセンターラインを越えたが、速度は落ちた。機首がコンクリートの舗道から地面へと突きでたところで、巨大な機体はようやく停止した。

33

「では報告しろ！」ウォーカーは会議室につかつかと入ってきて息巻いた。左右の手にはコーヒーカップがひとつずつ握られている。

ダニーは椅子の上で縮みあがった。これほど大きな事故に関わったことはこれまで一度もない。助けを求めてスコットに目をやるが、博士は急に自分のノートとにらめっこをはじめた。誰が先に断頭台にあがるのかは明白だ。

「どうした？」

「サー、原因の解明にはしばらく時間がかかるでしょう」ダニーはおずおずと口を開いた。「データを調べて、何が原因かを突き止める必要がありますので。ストーン博士とぼくは――」

大佐はダニーの弁解を一蹴した。「エンジニアお得意の言い逃れはやめろ、シャープ。私が聞きたいのは弁解ではない！」見る者をしおれさせるしかめっ面が、テーブルを囲むメンバーたちの顔をじろりと見回す。「状況を見て何が起きているかも明らかにできんような者に高給を払ってるわけではないぞ。さあ、あそこで何が起きたかを説明しろ！」

　ダニーはスコットをちらりと見たが、相手はまだノートの上で顔を伏せている。ダニーは博士の脛を蹴りつけた。

　スコットははじかれたように顔をあげた。「そ……それでは、第一回飛行試験の経過を取り急ぎ調べたところ——」研究を発表するときの口調でしゃべりだす。「コンピュータによるモデリングでは、Ｂ‐２ステルス機の爆弾倉内の気流が作りだす動的な環境を適格に予測できなかったようだ。ＬＯＲＡ《ロラ》自体のエンジン排気も状況を悪化させた。内蔵コンピュータが機体を制御しようとしたが、いかに超高速で反応するとはいえ、あくまで問題が起きたあとの対処でしかない。気流が変化するたびに、ドローンは制御の回復を試みるが、そのときにはすでに空気の流れが変わっている。ＬＯＲＡは徐々に回収位置からそれ、ついには爆弾倉の縁をかすめるに至ったのです」

「幸い、バロン中尉はこれに冷静に対応し、ドローンの一部が落下した位置を記録していました」ダニーは言い添えた。「彼の機転がなければ、回収チームは断片の捜索に途方もない時間を費やすことになっていたでしょう」

　ウォーカーは財布か鍵をなくしたかのように室内を見回した。「そう言えばバロンはどこだ？」

「医療室にいます、サー」ドレイクが答える。「われわれを救うために擦《す》り傷を負ったんです」

「そうだったな。あとで褒《ほ》めてやるのを忘れんようにしよう。では、目下の問題に戻るぞ。ストーン博士のいまの話は何ひとつ理解できん。シャープ、きみが言いなおせ」

ダニーはやさしい言葉に置き換えるよう務めた。「問題は、適切な回収位置にドリーム・キャッチャーを自動で移動させるシステムが、爆弾倉内の不規則な気流についていけないことです。通常の空気の流れには対応できても、気流が激しく乱れる庫内の環境には対応できない。回収時に姿勢を一定に保つためには、気流に対応するだけでなく、空気の流れや動きを予測する必要があるんでしょう」

「われわれが抱えている問題は解決不可能だと言っているのか？」

「必ずしもそうではありません。爆弾倉内の空気の動きは毎回多少の違いはあっても、そこには必ずパターンが存在します。そのパターンをミリ秒単位で学習するプログラムを飛行制御コンピュータに搭載させれば、それぞれの周期《サイクル》を予測し、回収を成功させることができると思われます」

「すばらしい。プログラムを作りなおす期間はどれほどかかる？」

「これはもっと複雑な話です、サー」スコットが警告する。

ウォーカーは顔を大きくしかめて博士をにらみつけた。「きみが話すと複雑になる一方だ。だから黙っていろ。シャープ、この頭でっかちの博士は何を言おうとしているんだ？」

ダニーはゆっくりと、それでいて相手をばかにしているようには聞こえない程度の速さで話をした。「ぼくが説明したことをドリーム・キャッチャーに実行させるには、新しいプログラム以上のものが必要となります。レーザー距離計の数を増やし、自機のまわりの空気を文字通り感知することができる、多数の触角センサーを搭載させなければならない。ドリーム・キャッチャーの現在のコンピュータではその種のインプットは処理できません」

「いま話している類《たぐい》のデータを扱える飛行制御コンピュータはないのか？」

「あります――人間の脳と神経系です」

「冗談ならよそで言え、シャープ」

「サー、ぼくが言っているのは、人間のパイロットは操縦装置と同じくらい、感覚を使って飛行しているということです。一般には、〝尻で飛ぶ〟（初期の飛行機では計器類に頼らずに勘と目で飛ぶ必要があったことからきている、勘を使うという意味のことわざ）として知られていますが、実際には、これはパイロットが経験から習得する複雑な技術です。ドリーム・キャッチャーに人間のパイロットが搭乗すれば、爆弾倉内の動的な環境にもすばやく適応し、回収を成功させられるものと思われます。空気の流れを感じ取ることができる生きたパイロットの能力は、センサー不足と搭載コンピュータの処理能力不足を補完するでしょう。爆弾倉の扉を閉めてドローンをとらえるタイミングを予測したバロン中尉の行動が、われわれにこのヒントを与えました」

ウォーカーは片方のカップに入ったコーヒーを飲みほし、床を凝視した。これしか打つ手はないのかと大佐の中で怒りがふくらむのがダニーにはわかった。「パイロットが搭乗できるようドリーム・キャッチャーを改造することは可能なのか？」

ダニーはうなずいた。「イエッサー。可能だと思います」

「期間はどれほどだ？」

「四カ月です」

ついに大佐の怒りが爆発した。「それでは間に合わん！　その半分の期間で完成させろ」

「ですが、サー」

「〝ですが、サー〟ではない、〝イエッサー〟だ。私と大統領のあいだにいる者は全員、ケルベロスがとうの昔に結果を出していることを要求している。四カ月は論外だ。二カ月以内にあのドローンを改造し、試験飛行ができるよう、ここへ持ってこい。それができなければ、私がきみと博士を南極観測基地に送り込む。退役するまで帰ってこられないものと思え！」

「イエッサー」ダニーはぞっとして体を震わせた。南極大陸の凍土の上で背中を丸め、ペンギンの飛べない翼に発信器をつける自分の隣で、スコットが宿舎のことからコンピュータの性能に至るまで、ありとあらゆることに文句を並べるさまが目に浮かぶ。

「ですが、それには誰が搭乗するのかを決めなければなりません、しかもすぐに決めなければ」

「それについては心配無用だ、大尉。適任の男がいる」

34

ニックはロミオ・セヴンの小さなカフェテリアにひとりで座り、額の傷に当てた布を押さえて、カプチーノをちびちびと飲んだ。部屋の一角にある商品の半分が売り切れの自動販売機で買った湿気ったポップコーンに陰鬱《いんうつ》な気分で手を伸ばす。コーヒーを飲めば睡眠のリズムが乱れるのはわかっていたが、どのみち眠れそうになかった。

ほかのメンバーはまだ会議室に籠《こ》もっている。大佐の機嫌は険悪で、医療室によってきたニックは、遅れて入室して大佐の機嫌を悪化させる気になれなかった。代わりに、沈んだ気持ちをカフェインで紛らそうと、カフェテリアに来たのだった。

彼は失敗に終わった任務を振り返った。順調に進んでいたのが、突然非常事態に次々と見舞われて、目も当てられない結果となった。ケルベロスに自分の居場所はまだあるだろうかと彼は首を傾けた。それとも、ここを追い出され、アラバマの空軍大学で受講していることになっている課程が終わるまでどこかに身を隠し、うじうじと傷を舐めなければならないのだろうか。

「一緒にいいか？」

背後で声があがり、ニックはぎょっとした。立ちあがって振り返ると――コーヒーをこぼさないよう気をつけた――そこにあるのは見知らぬ顔で、だが笑みを浮かべている。男は戸口を背にしてたたずみ、フライトスーツの両肩には中佐の階級章を、そして腕には777《トリプル・セヴン》チェイスのパッチをつけていた。ニックは肩をすくめた。「どうぞ、サー」

中佐は歩みより、片手を差しだした。「ジェイソン・ボスクだ。マーリンと呼んでくれ」

ニックは手を伸ばし、自分も自己紹介しようとした。「自分は――」

「ニックだろう」マーリンがさえぎる。「トリプル・セヴン・チェイスへようこそ、ニック・バロン。私がきみの指揮官だ」

その新たな事実にニックは驚かなかった。パッチを見た瞬間にマーリンが何者かは察しがついた。彼はふたたび椅子に腰をおろすと、湿気ったポップコーンを口にほうり込んだ。「ここの指揮系統には少し混乱しています、サー。自分のボスはウォーカー大佐ですか、それともあなたですか？」

マーリンはテーブルをはさんで向かいの席に座った。「両方だ。私はロミオ・セヴンに常駐のチェイス機飛行隊を指揮している――あのT‐38二機のみの隊だが。

ウォーカー大佐はケルベロス計画の指揮官だ」

「では、自分はあなたとトリプル・セヴン・チェイスのもとでチェイス機を飛ばしているんですね。なるほど、それはわかりました」ニックは上官の視線をとらえた。「ですが、自分がケルベロスのメンバーに選ばれたいきさつについては、まだ誰からも説明がありません。9・11後に自分が作成した報告書のことが話に出たんですが、あれが何か関係あるんでしょうか？」

マーリンはニックのポップコーンを見おろした。「私も買ってみるか」立ちあがり、販売機へと歩いてゆく。「最初の任務は厳しい試練になったそうだな」

ニックは中佐の背中に目を据えた。質問されたのがわからなかったのだろうか？それとも無視したのか？　とりあえず彼は相手の話に合わせた。「厳しい試練どころではなかったと思います、サー。ミリーに傷がついたとエディはショックを受けていました」

「エディならすぐに立ち直る」マーリンは縁までポップコーンが入ったカップを手に、テーブルへ引き返しかけた。ひとつ口にほうって顔をしかめる。「味がないな」そう言って、彼はカフェテリアのカウンターを目で探った。やがて真っ赤な粉がたっぷり入った、何も書かれていない調味料入れを見つけた。

ニックは腹立たしさを覚えた。試験飛行が大失敗に終わったばかりだというのに、中佐は何食わぬ顔だ。「今夜の事故はすべて回避できたように思えてなりません」彼は切りだした。「自分にはもっと何かできたはずです。一連の出来事は予測不可能なことではありませんでした」

ニックの向かいにふたたび腰をおろしたとき、マーリンは真剣な目に戻っていた。「第一に、試験飛行中、私はずっとライトハウスとともにコントロール・ルームにいた。きみはできることはすべてやった。第二に、自分を買いかぶるな。いかなる状況下でも、自分が実際に負える以上の責任を背負ってはならない。今日起きた失敗は、設計段階で見逃された問題により、起こるべくして起きたものだ。きみが何をしようが避けられはしなかった。飛行試験ではつねに起きることだ」

「そうなんですか？」

マーリンは頭を前後に揺らした。「まあ、つねにではないな」調味料入れを逆さにして、ポップコーンに真っ赤な粉を大量に振りかける。「私が言いたいのは、きみは今夜の自分の働きを誇りに思うべきだということだ。きみの飛行は的確で、ドローンの破片が落下したときは冷静に対処し、位置を記録した。おかげでわれわれはここが第二のロズウェルとなるのを防ぐことができた。自殺行為ではあったものの、きみの努力でB-2ステルス機が救われたのは言うまでもない。きみはトリプル・セヴン・チェイスの誇りだ」マーリンは真っ赤に染まったポップコーンをひとつかみ口にほうり込み、しばらくかんでから、湿気ったポップコーンが調味料ひとつで絶品になったかのようにうなずいた。「今日の試験は過ぎたことだ。ほかの話をしよう」トリプル・セヴンのパッチを肩から剝《は》がし、テーブル上でふたりのあいだに置く。「大佐から聞いたぞ、これが何を意味するのか全部知りたいそうだな」

事故後、ニックははじめて笑みを浮かべた。「イエッサー。ぜひ聞かせてください」

「若い士官が自分の部隊にまつわる歴史を知りたがるのは当然のことだ。では、話そう」マーリンは背筋を伸ばして咳払いすると、シェイクスピアのソネットを朗読しようとする役者のように両手を広げた。「一九七二年に――きみが生まれる前だな。きみのファイルに関する私の記憶が間違っていなければ――上層部は随伴機《チェイス》から成る秘密飛行隊の創設を決定した。空軍の試験飛行隊から切り離された部隊としてだ。かくして、四人のパイロットと真新しいT-38航空機二機からなる第七《セヴンス》チェイス機飛行隊が誕生した」

ニックは片方の眉をひょいとあげた。

マーリンが両方の眉をあげる。「なんだ？」

いんですか？」

「〝第七《セヴンス》チェイス機飛行隊〟と言いましたよね。〝777《トリプル・セヴン》チェイス機飛行隊〟ではな

マーリンは顔をしかめた。「話の腰を折るのは不作法だぞ。ポップコーンを食べて

ろ」

中佐はもう一度咳払いした。「話を続けよう。四人のパイロットたちはマイケル・

〝ラット〟・ショーの指揮のもと、さまざまな任務を隠れ蓑《みの》に使い、ホロマン空軍基地

を拠点とした。彼らは毎日、暁《あかつき》の偵察飛行とともにT‐38で離陸し、精神の限界まで

追い込むような試験機動を練習した」そこでいったん言葉を切り、首を横に傾ける。

「映画の『トップ・ガン』を観たことはあるか？　トム・クルーズがMiG《ミグ》の真上を

背面飛行するシーンを知ってるか？」

ニックは肯定しようとしたが、マーリンはその暇を与えなかった。

「もちろん、観ているな。あれを観たことがない者がいるか？　ハリウッドの連中が

どこであのアイデアを得たのかは知らないが、ラットと彼が率いるはみ出し者たちは、

背面編隊飛行での急降下をやっていた。トム・クルーズがビーチバレーをやったり、

ほかの男たちとシャワーを浴びるずっと前からな」

ニックは気恥ずかしくなり身じろぎした。

マーリンがうなずく。「ああ、あれはどうもな」そのイメージを消すように手を振り払う。「まあ、ともかく、第七チェイス機飛行隊の目的のひとつに、新たなレーザー誘導爆弾の試験があった、そしてラットは放物線を描く爆弾の軌道を追う最も簡単な方法は背面降下だと発見した」マーリンは両手を使ってその機動を実際に示した。手の甲同士を関節が触れそうなほど合わせて指先を下に向け、テーブルの上でアーチを描いてみせる。

「ラットと隊員たちは、T－38の片方を爆弾役にして、この動きを練習した。ほかにも、きみが想像しうるかぎりの随伴機動を訓練した。そして、第七飛行隊は第一回試験任務を行う準備ができたとラットが考えるようになるまで、さほど時間はかからなかった」中佐はポップコーンをもうひとすくいして口に入れた。そこで間をあけたのは、ラットの隊は――実際には――彼が考えたほど準備ができていなかったからなのだろう。

「ラットは偵察用無人機の随伴飛行《チェイス》にフランク・ユーバンクスを送りだした」マーリンは唇についた赤い粉をぬぐって続けた。「ドリーム・キャッチャーによく似た無人機だったが、当時は宇宙戦時代の航空テクノロジーは何ひとつつなしだ。それでも、簡単な任務のはずだった。フランクに無人機の下を飛行して、パネルがゆるんでいる箇所を確認していた。そのとき、無人機が誤動作を起こして突然機首がさがり、フランクのコクピットを直撃した。脱出する間はなかった。フランクの機体も無人機も火だるまになって落下し、その結果、墜落事故の隠蔽工作にはひどく苦労した。そして騒ぎが下火になるまで、飛行隊はしばらくのあいだ閉隊となった」

マーリンはふたたびポップコーンをつかんで、口に押し込んだ。

相手の口が塞がっているあいだにニックは言った。「7《セヴン》があとふたつ増えたいきさつはまだ聞いていていません」

「そうあわてるな。まったく、きみたちジェネレーションXの若者たちは集中力がない」ポップコーンをかんでいる途中で、マーリンは赤い粉が辛いことにやっと気づいたらしく、立ちあがってコーヒー・マシンへと向かい、飲み物を淹れながら話を続けた。

「さて、数カ月後、ラットはセヴンス・チェイスを復活させた。次の試験はレーザー誘導爆弾の随伴で、彼らがそれまで練習を重ねてきた機動だ。そして今度は、ラット自身がチェイス機を操縦した。彼は爆弾投下機に随伴し、爆弾がはなたれると、それが放物線を描くのを追った。訓練してきたとおりに、彼はウェポンの上で背面降下に入った。今回は誤動作は何ひとつなかった。爆弾は誘導システムに正常に従っていた。

ただ、ラットが接近しすぎたのだ。あの時代のレーザー誘導爆弾は目標へと向かいながら、激しい蛇行を繰り返して軌道を修正する。彼はそれを忘れていた」

「聞いたことがあります」ニックは言った。「〝ｂａｎｇ《バン》－ｂａｎｇ《バン》誘導〟と呼ばれるものですね」

マーリンはコーヒーを持ってテーブルに戻ると、飲み物を長々と流し込んで口の中の辛さを鎮めてから、ふたたび腰をおろした。「ああ、まさにｂａｎｇ《バン》だ。ウェポンは縦軸の修整を行って弾頭をそらし、ラットのキャノピーにぶつかった。こんにちの爆弾であれば、それでＴ－38航空機が墜落することはない。だが、当時使用されていた炸薬は現在のものより衝撃に敏感だった。爆弾は炸裂した。残骸は何千キロにも渡って飛散した」

マーリンはコーヒーをテーブルに置き、パッチに描かれたリボンを指差した。「彼らの名前が血と同じ赤い色で書かれているのはそのためだ。サイドショー・ユーバンクス、そしてラット・ショーをわれわれは忘れない」死者に敬意を払うかのように、彼はしばらく黙ってパッチを見つめた。視線をあげた彼の顔には、苦々しげな表情が貼りついていた。「その後、次から次へとクビが飛びはじめた。二度の試験飛行でふたりの死者を出したんだ。飛行隊はさんざんたる失敗だった。すべてが閉鎖され、第七チェイス機飛行隊は解散した。

そして一九八四年、ボブ・ウィンザーという名の少佐は、超極秘計画を抱えていたものの、試験を行う場所を見つけられないでいた。ビグス・ノース・ワンを密《ひそ》かに改築し、第七チェイスをいま一度ここで復活させようと思いついたのは彼だ。ウィンザーは反対に遭った。ユーバンクスとショーを覚えている者たちは、このアイデアそのものが不吉《アンラッキー》だと考えた。しかし、彼はしつこく粘り、ついに上層部が根負けした」

マーリンはポップコーンをもうひとつ口にほうった。コーヒーがそれを追う。「ウィンザーの指揮のもと――」ごくりとのみ込んで続ける。「飛行隊はまったく新たな形を取ることになった――現在われわれが使っているやり方だ。パイロットたちは別の基地で通常任務に就き、ロミオ・セヴンでの任務はごくたまにやるだけの掛け持ちとなる。また、T‐38チェイス機のパイロットはつねにふたりのみだ」

「では、あなたとぼくだけなんですか？」ニックは尋ねた。「『スター・ウォーズ』で〝シスは師匠と弟子のふたりのみ〟と定められているみたいに？」

マーリンは顔をしかめて首を横に振った。「おいおい、そんな不気味な話じゃない。単にふたりでいいと決まっただけだ。とにかく、われわれはそれぞれ別の飛行任務を持ち、ロミオ・セヴンには必要が生じ許可されたときにのみ戻ってくる。きみはじきにB-2ステルス機のパイロットになるだろうし、私はふだんは第八戦闘飛行隊でナイトホークを操縦している。お互いそのかたわらに、ここでのチェイス機任務を兼任するんだ」

「ですが、名前についてはどうなんです？」ニックはパッチに描かれた数字を拳の背でとんと叩いた。「なぜ777《トリプル・セヴン》チェイスになったのかはまだ聞いていません」

「ああ、忘れるところだったな」マーリンは言った。もっとも彼の笑みから、わざとその部分を言わずにおいて、ニックにもう一度尋ねさせたのがわかった。「それはウィンザーが考えたものだ、この飛行隊を復活させる許可を得ようとしていたときにな。もとの部隊は呪われていると考えていた迷信深い連中を言いくるめるための案だ。彼はスリー・セヴンという幸運の数字に飛行隊の歴史を絡めた。スリー・セヴンに文句をつけるやつはいない、レッド・フラッグの運営で一年の半分をラスベガスで過ごしている連中ならなおさらだ（レッド・フラッグの演習場はラスベガス北西にある）。ウィンザーは、777《トリプル・セヴン》は第七飛行隊の三度目の復活を意味すると説明し、隊のモットーを〝三度目の正直《サード・タイム・ラッキー》〟にした」

年上のパイロットは椅子の背によりかかった。「これで全部だ。私の話はどうだった？」

ニックは肩をすくめた。「子どもには刺激が強すぎますが、悪くはない」

「それはどうも。子どもに話すのはやめておこう」

ウォーカー大佐がカフェテリアにずかずかと足を踏み入れ、ふたりは顔をあげた。眉間にはいつものしわが刻まれ、手にはつぶれたコーヒーカップがふたつ握られている。

「ニック」大佐が命令口調で呼びかける。

ニックはさっと立ちあがった。「イエッサー」

ニックは体をこわばらせた。マーリンは彼の努力をねぎらってくれたが、大佐はこれから罵声を浴びせてくるだろう。ニックはテーブルの上に置かれた777《トリプル・セヴン》のパッチに視線をやった。

「今夜の自分の行動をどう評価する？」

「今回は死者は出ていません。自分はそれは前進だと思います」

その返事に大佐は不意を突かれたようだった。つかの間面食らった顔をしたものの、眉間のしわはすぐさま戻った。「まあ、昇進を手にするだけの働きはあったな」

「すみません、サー。昇進とおっしゃったんですか？」

「そうだ。次の任務ではマーリンがチェイス機に乗る。きみが操縦するのは別のものだ」

35

第三五七戦闘飛行隊
アリゾナ州　デビスモンサン空軍基地
二〇〇三年三月一二日

デスクの前に座り、オソは生徒の検定試験用紙にじっと目を据えた。彼が記入しなければならない箇所はあとひとつ。合格か不合格、どちらかの欄にチェックを入れるだけだ。彼はこめかみをこすると、問題のフライトを頭の中で振り返った。その若者は——Ａ－10《ウオートホッグ》から最初にロケット弾を発射しようとしたときから〝横手投げ《サイドアーム》〟と呼ばれている——Ａ－10操縦課程で大いに成長したものの、一度目の爆撃訓練で重大なミスを犯していた。

あのとき飛行を中断し、不適合の判定をくだすこともできたが、オソはサイドアームにもう一度チャンスを与えた。そして若いパイロットはそれを無駄にはしなかった。

残りのフライトでサイドアームは安定した飛行を見せた。あれならじゅうぶんに課程を修了できる。

オソがそれを認めれば。

訓練生たちは彼に〝ツーソンのターミネーター〟とあだ名をつけていた。オソの面前では絶対に口にしないものの、飛行隊のバーで彼らが自分をそう呼ぶのが聞こえた。誰もがオソと飛ぶのを恐れ、彼はそれが苦々しくてならなかった。だが、何ができる？　自分が合格させた者がふたり目のブレント・コリンズになったら？　適性に問題がある者はここで落としたほうが、訓練生の命を救うことになるのではないか。

一週間前、トーチは――彼はふたつのA－10訓練飛行隊と作戦飛行隊を含む作戦航空群の群長だ――自分の執務室にオソを呼びだした。ふだんはおだやかな物言いの上官は、文字通り声を荒らげた。オソが一年間で不合格にした訓練生の数はいまやここでの歴代最多を記録していた。トーチの言によると、A－10パイロットの生産ラインをオソはひとりでストップさせているのだ。

トーチは彼に最後通牒《つうちょう》を言いわたした。第三五七戦闘飛行隊ドラゴンズに教官としてオソを受け入れてから一年間が経ち、自分はレッドアイへの借りは返したものと考える。オソはもはや自分の保護下にはない。極めて正当な理由もなしに次にまた訓練生を不合格とした場合、自分はオソを地上勤務とする。恒久的な措置として、と。

オソは検定試験用紙にもう一度目を落とし、自分に言い聞かせようとした。サイドアームはブレント・コリンズではない。彼にはパイロットとして学び、成長する能力がある。訓練中の一度のミスで若者のA－10のキャリアを――自分のキャリアを――終わらせることはなかった。オソは合格の欄にチェックした。そうしながらも、頭の中では不安がくすぶりつづける。これで本当にいいのか？

巨大な影がオソのデスクに落ちた。「まだ終わらないのか？」

ロナルド・〝戦車《タンク》〟・テスラーの巨体が戸口を塞ぎ、通路からの明かりをさえぎっていた。空軍の中では珍しく、彼のコールサインは〝名は体を表す〟類のものだ。オソ自身、何度考えても〝タンク〟以上にぴったりの名前は思いつかなかった。「いや」

試験用紙にサインをしてオソは言った。「終わったところだ」

「よし、ちょうどこれからミーティングだ」

「なんの集まりだ？」

「公式な説明か？　個人の財務管理に関して、重要な伝達事項があるってことになってる」タンクが言った。「おれは信じないがな。ミーティングがあるって話は直前まで知らなかったし、さっきトーチからの指示で、今日の残りのフライトは全部中止になった。訓練飛行隊の教官がひとり残らずミーティングに出席できるようにだとよ」

オソとタンクが第三五八戦闘飛行隊ハイイロオオカミ《ロボス》の――もうひとつのA‐10訓練飛行隊だ――小さなホールに入ったときには、中は操縦教官ですでにいっぱいだった。ここにいる者たちの総飛行時間を合わせたら、ゆうに五万時間は超えるだろう。オソはうしろのほうに席を見つけてタンクと向かったが、椅子の安っぽいクッションに尻が触れるよりも先に、ドアの横に立つ軍曹の鋭い声が響いた。「全員、気をつけ！」

教官たちはいっせいに立ちあがり、気をつけの姿勢を取った。ホールに入ってきたのは作戦航空群群長で、彼は中央のスペースを前へと進んだ。

「全員座ってくれ」トーチはパイロットたちの困惑した表情に笑みを浮かべて告げた。「財務部門からの話を聞かされるはずが、まさか私が出てくるとは思わなかっただろう。騙《だま》してすまない、だが、このミーティングの本当の目的は公にはできないものだ。照明を」

照明が落とされ、プロジェクターのスイッチが入る。トーチがリモコンのボタンを押すと、ペルシャ湾沿岸諸国の地図がスクリーンに映しだされた。このミーティングの真の目的に気がつき、パイロットたちのあいだにざわめきが広がる。タンクはオソをこづいて耳打ちした。「言っただろう」

「イラクでの状況は激化している」トーチが切りだす。「大統領《POTUS》の我慢も限界のようだ。きたる戦闘に備え、中央軍《CENTCOM》はここツーソンの第三五四戦闘飛行隊ブルドッグスに、クウェートに派遣されている海軍航空基地共同予備隊基地《NAS》ニューオーリンズの戦闘航空団と合流するよう指示を出した。ニューオーリンズはボイジー空港の第一九〇戦闘飛行隊と交代して帰国することになっているが、実際には、彼らはサウジアラビアのキング・ハリド空軍基地に密かに再配置される。これは真の兵力を隠すための作戦だ」トーチは次のスライドに切り替えた。そこにはふたつの訓練飛行隊に――両方合わせて訓練所《スクールハウス》と呼ばれている――配備されているA-10のテールナンバーがリストアップされていた。ロボスから三機、ドラゴンズから三機だ。

ホール内で緊張が高まるのをオソは感じた。次に何が来るのかは全員が知っていた。

「諸君、さっそく本題に入ろう。CENTCOMは、現在展開されている兵力ではイラクでの全面的な軍事行動をカバーしきれないと考えている。彼らはわれわれに助力を求めている。ここにあげられている六機は、われわれの訓練飛行隊からクウェートへの支援に送られることがすでに決定している。しかし、A-10にはそれを操縦するパイロットが必要だ。警戒待機任務《アラート》に当たるため、一機につき三名。軍の上層部はスクールハウスから一八名の教官を提供するよう求めている」

教官たちのあいだに高揚したざわめきがふたたび広がった。トーチは咳払いし、ホール内を静かにさせた。「ここにいる者たちの多くが、家庭での時間を持てるよう、教官という職に就いたのは私も知っている。しかし、われわれはまず兵士だ。そしていま、戦いの号令がかかった。好むと好まざるとにかかわらず、私は一週間で分遣隊を編成し、現地に送り込まねばならない。志願者一八名を募集する」

間が生じることはなかった。最初の手が挙がるのを待つ、気まずい沈黙はなかった。迷いはみじんもない。三二名のパイロットはいっせいに挙手した。

36

翌朝、オソはトーチの執務室前に立っていた。呼ばれた理由は聞かされていないが、クウェートへの派遣に関することに違いない。深呼吸をひとつして、彼はノックした。

「入れ」

「ご用でしょうか、サー？」

「ああ、きみはクウェートへの派遣に志願しているな」群長は疲れたようすで目をこすった。「――ほかの全員とともに」

「イエッサー」

オソの声に期待が滲むのにトーチは気づいていないようだ。「飛行隊の隊長たちとともに、この混乱を解決するのにひと晩かかった」あくびをかみ殺す。「志願者がこれだけいるのだから、機銃掃射と爆弾投下の訓練での成績にもとづいて決めるのが公正だろうと、ようやく結論に達した」トーチは無表情な顔でオソを見あげた。「驚いたことに、成績からすると、わが飛行隊で一番の攻撃手《シューター》はきみとなる。よって指名一位にあげられた」

よい知らせのようだが、トーチの顔は晴れやかではない。スクールハウスへ転属して一年になっても、オソはボスの表情がいまだに読めなかった。「ありがとうございます、サー」

「感謝の言葉はまだ早い、ミスター・ターミネーター。きみは射爆場では優秀かもしれないが、実戦に復帰する準備ができているのかはどうも怪《あや》しい。分遣隊隊長はロボスのキー中佐が務めることになるが、作戦飛行群群長として、最終決定権はこの私にある。そしてわれわれの訓練飛行隊で不合格者を続出させたきみの履歴に、私はいささか不安を抱いている。ヨーロッパでのように、飛行任務中にきみが判断能力を失うことはないと私には断言できない」

トーチは椅子の背にもたれかかって両手を組んだ。「きみはドイツであの若者が命を落としたのは、自分に責任があると思っている」

オソは返答しなかった。それが自分への質問なのか、非難なのか、彼は決めかねた。

トーチは話を続けている。「ひとつ言っておこう。私もコリンズと一緒に飛んだことがある。このスクールハウスにいる教官たちの何名かもだ。たしかに、彼は苦労していたが、課程に合格するほどには立派に飛んでいた。指導者としての私の意見に、きみは疑問を感じるか？」

「いいえ、サー」

「よろしい。コリンズは自分の実力をわれわれの誰よりもよく知っていた。自分が問題を抱えていることも、われわれよりもよく知っていた。しかし、それでも彼は最後にもう一度A－10に乗り込むことを選んだのだ」トーチはわずかに声をやわらげた。「若い戦闘機乗り《ファイター・パイロット》が失敗を犯さぬよう、全員の御守《おもり》をしつづけることはできないぞ、オソ。最後は彼らの選択だ、きみのではない」

上官に精神分析されるのはいやなものだったが、オソはうなずいて、相手が聞きたがっていると思う返事を口にした。「いまの自分はそれを理解しています、サー」

トーチは首を横に傾け、眉根をよせた。「そうかな？」硬い声に戻る。「では、これから私がやることを説明しよう。私はきみの目を直視し、戦場へ行く準備はできているかと質問する。自分の飛行技術を戦闘での勝利へと昇華《しょうか》させることができるだろうか。たとえそれが、きみの命令のもとに若いパイロットをまたひとり失うことを意味しても、と。ああ、きみはすでになんらかの肯定の返事を頭の中で考えているようだな。だが、どんな言葉を選ぼうがそれは関係ない。私はきみの目から答えを得る」

指揮官は立ちあがってデスクの上に身を乗りだし、オソの目をのぞき込んだ。「ではどうする、少佐？　戦場へ行く準備はできているか？」

「イエッサー」

トーチはさらにオソの目を探りつづけ、やがてそこに答えを見つけだしたようだった。彼はふたたび椅子に腰をおろして静かに腕を組んだ。オソは答えはなんだったのだろうと気を揉んだ。

しばらくしてトーチはうなずいた。「出発は五日後だ。私に後悔させるな」

（下巻へ続く）

亡霊は砂塵に消えた
ステルス機特殊部隊777《トリプル・セヴン》チェイス〔上〕

2016年7月21日　初版第一刷発行

著　者　ジェイムズ・R・ハンニバル
訳　者　北川由子
デザイン　bookwall

発行人　後藤明信
発行所　株式会社 竹書房
〒102-0072
東京都千代田区飯田橋2-7-3
電話03-3264-1576(代表)
03-3234-6383(編集)
http://www.takeshobo.co.jp
印刷所　中央精版印刷株式会社

定価はカバーに表示してあります。
乱丁・落丁の場合には当社にてお取替えいたします。

ISBN978-4-8019-0789-8　C0197
Printed in Japan

〈シグマフォース〉シリーズ⓪
ウバールの悪魔　上下
クリス・カズネスキ／桑田健〔訳〕

神の怒りで砂にまみれて消えた都市〈ウバール〉。そこには、世界を崩壊させる大いなる力が眠る……。シリーズ原点の物語！

〈シグマフォース〉シリーズ①
マギの聖骨　上下
ジェームズ・ロリンズ／桑田健〔訳〕

マギの聖骨――それは〝生命の根源〟を解き明かす唯一の鍵。全米２００万部突破の大ヒットシリーズ第一弾。

〈シグマフォース〉シリーズ②
ナチの亡霊　上下
ジェームズ・ロリンズ／桑田健〔訳〕

ナチの残党が研究を続ける〈釣鐘〉とは何か？　ダーウィンの聖書に記された〈鍵〉を巡って、闇の勢力が動き出す！

〈シグマフォース〉シリーズ③
ユダの覚醒　上下
ジェームズ・ロリンズ／桑田健〔訳〕

マルコ・ポーロが死ぬまで語らなかった謎とは……。〈ユダの菌株〉というウィルスが起こす奇病が、人類を滅ぼす!?

〈シグマフォース〉シリーズ④
ロマの血脈　上下
ジェームズ・ロリンズ／桑田健〔訳〕

「世界は燃えてしまう――」〝最後の神託〟は、破滅か救済か？　人類救済の鍵を握る〈デルポイの巫女たちの末裔〉とは？